ベリーズ文庫

“自称”人並み会社員でしたが、転生したら侍女になりました

江本マシメサ

STARTS
スターツ出版株式会社

目次

ミシェル・ド・ラングロワ
侯爵家次男。現在は公爵令嬢専属の護衛騎士。心優しく勇敢なイケメン騎士。
エリー・グラスランド
公爵令嬢専属侍女。
ある日突然、コスメ会社の会社員だった前世の記憶を取り戻す。
自称人並み会社員でしたが、転生したら侍女になりました
Jisho Hitonami Kaishaindeshitaga, Tensei Shitara Jijyo Ni Narimashita
characters

レティーシア・ルメートル

アリアンヌの義妹でデルフィネの実娘。アリアンヌを陥れようとしている噂があって…!?

アリアンヌ・ルメートル

公爵家令嬢。次期王太子妃の筆頭候補だったけど、現在は喪服を着こんでひきこもっている。

ソール・ジルヴィー

地下研究室にこもる、天才国家錬金術師。ちょっと変わり者で偏屈なところがたまにキズ。

デルフィネ・ルメートル

ルメートル公爵の後妻。派手で色気たっぷりのアラフォーで、若い愛人がたくさんいる。

イリス&ドリス

一卵性双生児のメイド。エリーの頼もしい助手として大活躍。

プロローグ

「この石鹸《せっけん》、ぜんぜん泡立たない！」

そんな言葉を、二十二年の生涯の中で何度叫んだことか。

体の清潔さを保つ石鹸は、生活になくてはならないものである。それなのにこの石鹸は、石のように硬くて、ごつごつしていて、無臭で、いくらこすっても泡立たない。

——どうして、どうしてなの⁉

そんな疑問を脳内に投げかけたあと、ふと我に返る。

もともと石鹸は無臭で、ブクブク泡立つ代物ではない。

——どこかで見かけたとか？

そう思って石鹸を売る雑貨屋をのぞいても、泡立つ石鹸なんて扱っていなかった。

さらに店員からも、「そんな石鹸見たことはない」と言われる。

けれど、私はなぜか香り高く、ブクブク泡立つ石鹸を〝知っているのだ〟。

それはどうしてなのか。理由は、まだわからない。

私、エリー・グラスランドは、子どもの時から引っかかりを覚えることがあった。

石鹸の使い心地が物足りない、髪を洗う専用の洗剤はないのか、お風呂の入浴剤はどこに行ったら買える？　などなど。両親に聞いても、「そんなの聞いたことがない」と首を捻るばかり。

グラスランド家はそこそこ裕福な家庭らしく、暮らしに不自由した覚えはない。それなのに、私は今ある以上の物を求めていた。

ブクブク泡立つ石鹸、香り高いシャンプー、髪質がなめらかになるトリートメント、肌が潤う化粧水、唇がツヤツヤになるリップと、どんどん耳慣れない言葉が浮かんでくるのだ。

私が求めるバス用品や化粧品を探す中で、家庭教師があることを教えてくれる。

社交界の中でも、上流階級《ハイソサエティー》に属する女性ならば、私が望むような品々を知っているだろうと。

実家は歴史の浅い子爵家であるため、上流階級の女性と知り合う機会なんてない。

上流階級の男性との結婚も、夢のまた夢だ。

だったら、どうすればいいのか。

その答えは、すぐに思いつく。上流階級の女性にお仕えすればいいのだと。

幸い、私は七人姉妹の五女で、父親は娘たちの結婚相手探しに苦労していた。だからだろうか、私が花嫁修業として、貴族の家で奉公したいと望んでも、止められることはなかった。

すでにマーロウ伯爵家に嫁いだ姉の紹介で、私はラングロワ侯爵家の大奥様付きの侍女となる。


十四歳になった私は、ラングロワ侯爵家で喜んで働くこととなったが——歴史ある侯爵家の大奥様でさえ、ブクブク泡立つ石鹸など知らないという。

ラングロワ侯爵家の大奥様は、現国王陛下の妹。ラングロワ侯爵家に臣籍降下《しんせきこうか》した尊い御方なのだ。王族であった御方が知らないというのならば、ブクブク泡立つ石鹸などこの世には存在しないのだろう。

私が望む品々は、おとぎ話に出てくるような架空の物だったのか。そんなことすら、思うほどだった。

その後、私はそれらのことはすっかり忘れてラングロワ侯爵家の大奥様に真面目にお仕えしていた。

大奥様は大旦那様を亡くしたばかりで意気消沈していたが、日に日に元気になるご様子を見守ることは、とても嬉しいことだった。

ラングロワ侯爵家の大奥様は優しい御方で、下級貴族である私にも優しくしてくれた。大奥様だけでなく、私のふたつ年上の、ラングロワ侯爵家の次男でもあるミシェル様も、私に優しくしてくれたのだ。

このミシェル様が、とんでもない美貌の持ち主で——。

蜂蜜に太陽の光が差し込んだような優しい金色の髪に、深い海を思わせる青い瞳は芸術品のように美しい。加えて、いつも憂いを含んでいるような、甘い容貌をしている。ミシェル様は騎士を務めており、お忙しい身であった。しかし、母親を心配してか、毎週のようにお土産持参で帰ってきていた。

そんな中で、私のことも気にかけ、リボンやレースのハンカチなどを贈ってくれる。

なぜ、私にまで？と思った。しかし、その理由は実に単純なもの。

大奥様はなぜか私をずっとそばに置いているので、母の分だけお土産を買うわけにはいかなかったのだろう。

親子水入らずの時間を過ごせるようにと、部屋から出て行こうとするのだが、毎回ふたりから引き止められてしまうのだ。

不思議なことも多々あるものである。

ラングロワ侯爵家の大奥様に仕えて三年が経った。私は十七歳となる。

相変わらず、父は娘たちの婚約者探しに苦労しているようだ。

私の結婚話は、いっこうに浮上しない。それどころか、二つ年上の十九歳の姉にですら、見つからないと話していたくらいだ。

女性貴族の結婚適齢期は、十五歳から十八歳まで。十九歳となった姉は、立派な嫁《い》き遅れだ。

可能であれば良縁を。父は姉妹の幸せを願い、今日も結婚相手探しに走り回っている。

私は頑張れと応援していたが、どこか他人事《ひとごと》のように思っていた。

ラングロワ侯爵家の大奥様にお仕えすることを誇りに思っていたし、やりがいも感じていたからだろう。今さら結婚して、他所《よそ》の家に行くなんて考えられない。

そんな気持ちを伝えたら、ラングロワ侯爵家の大奥様はとんでもないことを言ってくれる。

「ミシェルと結婚すれば、侯爵家にずっといられるじゃない」と。

――この私が、ミシェル様の妻になると？

思わず、我が身を鏡に映してのぞき込む。実に単純な目鼻立ち、身長は低くもなく高くもなく。ショコラブラウンの髪は平々凡々。紫色の目は少しだけ珍しいけれど、華やかなミシェル様の美貌の前では霞《かす》んでしまう。そんな私が、あの美しいミシェル様の奥方になるなんてありえない。

私の個人的な残念スペックはさておいて、家柄もまったくつり合っていなかった。それなのに、ラングロワ侯爵家の大奥様から、「ミシェルは次男で、結婚相手に家柄は求めない。だから、考えてくれないか」と熱心に頼まれる。

しかし、しかしだ。この私が、ミシェル様の妻に相応しい女だとは欠片《かけら》も思えなかった。

ラングロワ侯爵家の大奥様には後生ですからと、床に頭を付けて辞退する。「どうしても、ダメ?」と聞かれたが、「難しいかと」と答えるしかなかった。

なんでも、ミシェル様が結婚する、ほどよいタイミングは今しかないらしい。来月には、王太子妃候補の公爵令嬢アリアンヌお嬢様の専属護衛騎士となるようだ。以後は、アリアンヌお嬢様が結婚したあとにしか結婚できないとのこと。

ここで、結婚相手に指名された理由が腑に落ちる。都合のいい相手が、私以外いなかったのだろう。

ほんのちょっとだけ、私はラングロワ侯爵家の大奥様やミシェル様にとって特別な存在なのではないのかと考えたが、まったくの勘違いだったわけだ。

ふっきれた私は、父に結婚相手は探さなくてもいい、働くことに人生の喜びを見出しているから、と宣言した。

五年後——二十二歳となり、ラングロワ侯爵家の大奥様にお仕えする使用人の頂点に君臨していた私に転機が訪れる。

ミシェル様が私に、公爵令嬢であり、王太子妃候補であるアリアンヌお嬢様の侍女になってくれないかと頼みにきたのだ。

詳しい話を聞いてみると、公爵の奥方が数年前に亡くなって以来、アリアンヌお嬢様はずっとふさぎこんでいたらしい。しかし、最近になって本来の明るさを取り戻したが、思いがけないことがおきる。なんと、公爵が見ず知らずの女性と再婚してしまったと。

さらに再婚相手には連れ子がいて、その子も王太子妃候補となり、ふたりの中から相応しい者が王太子妃になるのだという。

再婚相手の連れ子はアリアンヌお嬢様と同じ十二歳。アリアンヌお嬢様のほうが、数ヶ月生まれるのが早かったようだ。そんなことはさておいて。

なぜ、義理の姉妹で争うようなことをさせるのか。

アリアンヌお嬢様は父親の再婚と王太子妃候補が新しく立てられたことにショックを受け、母親が療養していた公爵家の離れに引きこもっているようだ。

ミシェル様は片膝を突いて、私にアリアンヌお嬢様を支えてくれないかと懇願してくる。

まるで、求婚のようだったが――実際はお仕事の依頼である。

キラキラしたミシェル様の深い海色の瞳に見つめられ、深く考えずに「はい、よろこんで」と言いそうになった。

だが、私の主人はラングロワ侯爵家の大奥様だ。判断は、ラングロワ侯爵家の大奥様に任せる。

その後、大奥様から「わたくしからも、お願い」と言われたので、私は即座にアリアンヌお嬢様の侍女になることを決めた。

その判断が、私の人生を左右することになるとは、この時は夢にも思っていなかったのである。

第一章　エリー・グラスランド、前世の記憶を思い出す

四頭立ての豪奢な馬車で、私はミシェル様と共にルメートル公爵家へ向かう。

手荷物は、鞄ひとつだけ。お仕着せのドレスは、公爵家から支給されるようだ。本日纏《まと》っている太いリボンが巻かれた帽子とタンポポ色のワンピースは、ラングロワ侯爵家の大奥様からの贈り物だった。ほかにも、数着のドレスやらリボンやらをいただいてしまう。退職金代わりだと言っていたが……。

私にはとてもとてももったいない品だけれど、経済を回す協力をしてくれと言われてしまったら遠慮することもできない。

ガタゴトと鳴る車輪の音を聞きながら、会話もなく静かな時間を過ごす。

先に口を開いたのは、ミシェル様だった。なぜか深々と頭を下げ、謝罪する。

「エリー、私の個人的な事情に突然巻き込んでしまい、申し訳なかった」

「いえ、ラングロワ侯爵家の大奥様にも頼まれましたので」

そう答えると、ミシェル様は形のよい眉毛をわずかに下げて言った。

「やはりエリーは、私が困っているから、来たわけではないのだな」

「使用人である私に、決定権はないのですよ」

「そうだったな」

まさか、ラングロワ侯爵家の大奥様にお願いされたから渋々やってきたと思っているのか。もちろん、ミシェル様をお助けしたい気持ちもあった。

ただ、生涯ラングロワ侯爵家の大奥様に仕えると宣言をしたあとだったので、ちょっとだけ悲しくなったというか、なんというか。

「でも、なぜ私だったのですか？」

「父を亡くした母を、元気づけてくれただろう？」

「あー……」

私がラングロワ侯爵家で働き始める少し前に、大旦那様が亡くなったのだ。ラングロワ侯爵家の大奥様は心から愛する大旦那様を亡くし、とても気を落されていた。

食事も喉を通らないくらいで、騎士舎に住んでいたミシェル様が心配して頻繁に様子を見にくるほどだったのだ。

「あの時は、どうやって母を励ました？」

「それは――人の死って、乗り越えられるものじゃないんですよ。いつまでたっても悲しいですし、嘆く気持ちは尽きることはないです。人の死に対する気持ちをどうかしようと思うのが間違いなんですよ。だからただ静かに、空気の如く大奥様に付き添っていただけです」

「なるほど。だから、母はエリーをいたく気に入って、そばに置いていたのだろうな」

「でも、アリアンヌお嬢様が、私を気に入って傍に置くかはわからないです」

「いいや、きっと気に入る」

珍しく、ミシェル様は強い口調で言った。なぜ、そんなに自信があるのかは謎だが。

「アリアンヌお嬢様は今、深く心を閉ざしている。今までのような、気楽な場所ではないのかもしれない」

「それは、そうでしょう」

アリアンヌお嬢様は母を亡くし、義妹と王太子妃の立場を争うこととなる、物語に出てきそうな悲劇のヒロインだ。

彼女のために、私は何ができるのか。しっかり考えて、行動しなければならないだろう。

ラングロワ侯爵邸から馬車で一時間ほど。大きな川にかかった石橋を渡った先に、ルメートル公爵家があった。王都の郊外に位置する自然豊かなこの辺りは、公爵家の領地《エステイト》らしい。

「わあ――！」

瀟洒《しょうしゃ》な城館はあまりにも大きく、そして美しい。広大な庭には、秋薔薇《あきそうび》の花々が咲いている。見ているだけで豊かな馨《かぐわ》しさを感じるようだ。

これから冬になるというのに、公爵家の庭には美しい花が咲き誇っている。

可愛らしいマーガレットに、華やかなアネモネ、艶やかなカトレアに麗しいクレマチス。それから、キツネ色の髪の若い男を庭の草陰に連れ込んだ熟女。

――え、熟女？

思いがけないものを発見し、ぎょっとする。見間違えたのではないかと、思わず身を乗り出して確認してみた。

間違いない、熟女がいた。

騎士のような恰好をした男と、紫色のドレスを纏った四十代くらいの女性が、濃密な絡み合いをしていた。なぜ、こんなところで逢引きをしているのか。呆気に取られてしまう。

騎士の顔は見えないが、佇まいから若いことがわかる。一方、女性は鮮やかな赤い髪の、派手で気が強そうな美人である。真っ赤な唇に口付けが落とされ、離れたあとは味わうように舌なめずりをしていた。

いったい、男女の年の差はいくつくらいなのか。貴族の夫婦は結婚後、愛人を迎えることが多いと聞くけれど……。本当に驚いた。

まったく、昼間から何をしているのか。

なんとなく目が離せないでいたら、一瞬女性と目が合ったような気がして、ビクリと体を震わせてしまう。

「エリー、何かあったのか？」

「あ、や、いいえ！　こ、公爵家のお庭には、な、何があるのかなーと！」

早口になった上に、声がひっくり返った。何かありますと暴露したようなものだったが、ミシェル様は丁寧に公爵家の庭にある施設を教えてくれた。

ガラス張りの温室に地下氷室、オレンジガーデン、それから庭の端には、薬草を植えたウォール・ガーデンもあるようだ。

「ウォール・ガーデンですか。薬草はどんどん増えるから、ほかの植物と分けなければならないんですよね」

「庭師からそんな話を聞いたことがある。詳しいな」

「ええ……まあ」

詳しいというミシェル様の言葉に、違和感を覚える。私は、この知識をどこで得たのか。薬草の勉強なんて、今まで一度もしたことがない。それなのに、私は〝知っている〟。

「エリー、大丈夫か？」

「――ッ！」

ミシェル様が私の肩にそっと手を添えた瞬間、ハッとなる。驚きは声にならなかった。いつの間にか額に汗を掻き、手先がぶるぶると震えていたのだ。

「具合が悪いのであれば、しばし休んだほうがいいだろう」

「いいえ。平気、です」

ミシェル様の声を聞いているうちに、震えは収まった。いったい私はどうしてしまったというのか。

子どもの頃も、同じような違和感を覚えることが多々あった。

見たことも聞いたこともない物を、私はあたかも実在していたかのように信じ込んでいたのだ。

ブクブクと泡立つ石鹸も、髪の毛がツルツルになるシャンプーやトリートメントも、体を癒す入浴剤だって、ここには存在しない。

いったいどこから思い浮かんだのか。それすら、わからなかった。

「やはり、具合が悪いのではないか?」

「大丈夫です！　元気！」

そう言って顔を上げたら、ミシェル様の顔が眼前にあって驚いた。

「本当に、平気なのか?」

「ほ、本当です。私、嘘、つかない」

なぜか、片言になる。

息がかかるほど近い位置にいるので、妙に緊張してしまったのだ。

「仕事は、無理をする必要はない。少しでもつらかったら、休め」

「いや、でも、この二十二年間、風邪のひとつも引いていないですし、常に元気です」

「それならば、体内に免疫はないだろう。そういう者が病気になれば、ひどく寝込むと聞いたことがある」

「いやいや、大丈夫ですって」

あまりにもミシェル様の顔が近いので、慌てて顔を逸らそうと思ったら顎をそっと掴まれる。青い瞳にじっと見つめられ、身動きが取れなくなってしまった。

……なんだ、この甘ったるい雰囲気は。

なぜか、目を閉じたほうがいいとわかってはいたものの、それをしたら大変なことになると、脳内の警鐘がカンカンとけたたましく鳴り響いていた。

でも、この青い瞳には抗えない。目を閉じてしまった。

その瞬間、馬車が停止し、私はミシェル様に頭突きをかました。

「どわっ！」

ゴン！と、すごい音が鳴った。私はぜんぜん痛くなかったけれど、ミシェル様は痛かっただろう。

「ミシェル様、大丈夫ですか⁉　ごめんなさい、石頭で」

「……いや、問題ない」

問題あるように見えるのだけれど……。

先ほどの衝撃は、馬車が停まったことによるものだった。どうやら、目的地にたどり着いたようだ。

「えっと、アリアンヌお嬢様がお住まいになられているのは、本邸ではなく離れ、でしたっけ？」

「そうだ」

ミシェル様が先に降りて、外から「手を」と言って差し出してくれた。お姫様のような扱いに、キュンとしてしまう。ミシェル様はたぶん、女性全員に同じことをしているのだろうけれど。

女性に生まれてよかったと思いながら、ミシェル様の手を取って馬車を降りる。

荷台にある鞄を持とうとしたが、ミシェル様に先を越されてしまった。

「ミシェル様、私、自分で持てます！」

「思っていた以上に、ずっしりしているな」

「全財産ですから」

道端にいる子猫を捕まえるように腕を大きく広げて鞄を取り返そうとしたが、ミシェル様はひらりと躱《かわ》した。

「ミシェル様～～！」

恨みがましく言ったら、ミシェル様はくつくつと笑いだした。普段、常に無表情なので、これは貴重な笑顔だろう。余程、私の鞄捕獲作戦の動きがおもしろかったのか。

「早く行こう。アリアンヌお嬢様が待っている」

「あ、はい。でも、鞄が」

「鞄はいい」

ミシェル様は私が追い付けない速度で、どんどん先を歩いていった。

アリアンヌお嬢様が住む離れは、ちょっとした森に囲まれている。敷地の中でも、特に自然あふれる場所だ。

離れは青い屋根に白亜の壁と、なんともメルヘンチックな二階建ての館。乙女心がくすぐられる。

ここで生活したいと思ったアリアンヌお嬢様の気持ちは、よくわかる。きっと、お母様との思い出の場所でもあるのだろう。

「あそこの煉瓦の壁に囲まれているのは、もしかしてウォール・ガーデンですか？」

「そうだ」

「今度、暇な時に見学とかできます？」

「庭師に話をしておこう」

「ありがとうございます」

ほかにも、蔓薔薇《つるばら》のアーチ、東屋、厨房と繋がった小さな温室など、のんびり過ごせそうな施設がたくさんある。鶏小屋や、厩舎《きゅうしゃ》もあるようだ。

王都からさほど離れていないのに、田舎にあるカントリーハウスのようなゆったりとした雰囲気だった。

「明日にでも、周辺の案内をしよう」

「あ、はい。どうぞよろしくお願いいたします」

「中に」

「はい」

ふと、二階を見上げたら、窓越しに誰かと目が合った。すぐにカーテンが閉められる。

「あれは――？」

「アリアンヌお嬢様だ。新しい侍女が、気になっていたのだろう」

「な、なるほど。そういえば、ここは何人くらいの人が働いているのですか？」

「二十名だ」

離れには、二十名の使用人がいるとのこと。お嬢様を直接お世話する侍女は、私と元乳母の女性だけのようだ。

まずはアリアンヌお嬢様に紹介をと言っていたが、急にお腹が痛くなってしまったようで、先に使用人の休憩室にいる執事を紹介してくれた。

「彼女がアリアンヌお嬢様の侍女となる、エリー・グラスランドだ。ここで、住み込みで働く」

執事はテールコートを翻しながら、恭しく会釈してくれる。前髪を整髪剤できっちりと上げていて、立派な口髭を生やした四十前後のナイスミドルである。よくよく見たら目元に皺がないので、もしかしたら三十代半ばから、後半くらいなのかもしれない。

「何かわからないことがあれば、なんなりとお聞きになってください」

「はい、よろしくお願いいたします」

執事さんが階下で働く使用人たちに私を紹介すると、皆、優しい笑顔で迎えてくれた。

私がアリアンヌお嬢様の侍女になったことにより誰かの出世を阻み、その結果恨まれているのではと考えていたが杞憂だったようだ。

使用人部屋とアリアンヌお嬢様の部屋を繋ぐベルが、チリンチリンと音を鳴る。

「エリー、アリアンヌお嬢様のご準備が整ったようです」

「あ、はい」

どうやら、アリアンヌお嬢様は私と挨拶してくれるらしい。嫌われているわけではないとわかり、ホッとした。

ミシェル様に連れられ、二階に上がっていく。アリアンヌお嬢様は、いったいどんな御方なのか。今はふさぎこんでいると聞いている。差しさわりのない態度で接しなければ。

二階の一番奥にある部屋が、アリアンヌお嬢様の私室だ。

扉の前には、護衛騎士がひとり立っていた。

「彼はアリアンヌお嬢様の護衛隊のひとり。全員で十名ほどいる」

二十四時間体制で、アリアンヌお嬢様を守っているようだ。お疲れ様ですと会釈する。

「——アリアンヌお嬢様、新しい侍女をお連れしました」

ミシェル様が声をかけ、返事があったので中へと入った。

まず、目に付いたのは、エプロンドレス姿の女性。年のころは四十前後だろう。

きっちりと結い上げた茶色の髪の上に、メイドキャップを被っている。ふっくらとしていて、包容力がありそうだ。彼女がアリアンヌお嬢様の元乳母だろう。

その背後に、アリアンヌお嬢様はいた。

彼女は黒い喪服姿で、顔をすっぽりと覆うベールを被っているので顔は見えない。

なぜ、喪服を纏っているのか。お母様を亡くしたのは、四年前だと聞いている。通常、喪に服すのは一年だ。

その昔、夫を亡くした女王が生涯喪服しか纏わなかったという話は聞いたことがあるけれど……。

アリアンヌお嬢様は元乳母を盾にするように、身を隠していた。

「アリアンヌお嬢様、彼女が以前お話しした、エリー・グラスランドです」

反応はないが、めげずに名前を名乗る。

「ど、どうも。エリー・グラスランド、です」

深々と頭を下げる。許しが出るまで顔を上げることはできないが、アリアンヌお嬢様はいっこうに何も言ってこない。

「エリー、もう、大丈夫だ。頭は上げても構わない」

「は、はあ」

ミシェル様の指示を聞き顔を上げた。遠慮がちに、アリアンヌお嬢様のほうを見る。すると、顔をふいと逸らされてしまった。

そんな行動を見て、やんわり話しかけるのは元乳母だ。

「おやおや、アリアンヌお嬢様、お恥ずかしいんですか？　優しそうな方ですよ？」

やはり、反応はない。だんまりの状態は続いていた。

アリアンヌお嬢様は元乳母にくっつき、顔を埋めている。私とは、話したくないようだ。

「エリーさん、すみませんねえ。アリアンヌお嬢様、愛想というものを、その辺に落としてきてしまったようで」

「そ、そうでしたか。では明日、ウォール・ガーデンの中を探してみますね」

あははは、と空元気を振りまいて退室する。

ご挨拶は――失敗だったか。すぐに元乳母が出てきて、別の部屋で話をすることになった。

彼女の名前はメアリー・トーン。なんと、二十年もルメートル公爵家に仕えているらしい。

そんなメアリーさんは、扉が閉まった途端に頭を下げる。

「本当に、すみませんでした。アリアンヌお嬢様は、明るくて元気なのが取り得だったのですが」

「いえ、お気になさらないでください。私は使用人です。アリアンヌお嬢様がどんなご様子でも、真心をもってお仕えしたいと思います」

「ありがとうございます……」

「あの、そんな、大丈夫ですので」

「この状況で、アリアンヌお嬢様にお仕えしていただけるなんて、どれだけありがたいか」

「それは、どういうことですか？」

メアリーさんは急にきゅっと口を閉ざす。俯き、苦しそうな表情を浮かべていた。

「私が話そう」

ミシェル様が、アリアンヌお嬢様を取り巻く状況について語り始めた。

「まず、ルメートル公爵家は現在、アリアンヌお嬢様派と、義妹であるレティーシア様派に分かれている。王太子妃となれば、味方に付いた者たちも、もれなく恩恵を受けることができるのだ」

知識と品格、美しさと強さを兼ね備えた女性が、王太子妃として選ばれるようだ。

「つい先日、王太子妃候補の審査を行った結果、すべてにおいてレティーシア様が勝っていたのだ」

「そう、だったのですね」

結果を見たアリアンヌお嬢様の侍女たちは、レティーシア様派に寝返ったらしい。

メアリーさんは拳を強く握り、悔しそうに吐き捨てる。

「あいつら、ひどいですよ！　今まで、アリアンヌお嬢様がお菓子を分けてあげたり、レースをお裾分けしたり、お茶会を開いてあげたりしたことも、〝すっかりぽん〟と忘れて！」

すっかりぽんで笑いそうになったけれど、話自体は深刻そのもの。奥歯を噛みしめ、笑わないようにする。

それにしても、アリアンヌお嬢様は大変な状況の中に身を置かれているようだ。

「以前までは、侍女は十名もいたのですが」

レティーシア様が王太子妃となれば、侍女は憧れの王宮勤務となる。将来、王妃付きになることもできるのだ。そのため、使用人たちのほとんどが、レティーシア様の味方となってしまったらしい。

「アリアンヌお嬢様は、生まれた時から王太子妃候補と決まっていて、物心ついた時から、厳しい教育を受けていました。だから、数ヶ月前から王太子妃候補の修業を始めたレティーシア様に負けるはずなんてないんです！　あの日、アリアンヌお嬢様に薬さえ盛られていなければ……！」

薬が盛られたとは、どういうことなのか。詳しく聞いて良いのか悪いのか。

「本当に、ひどいことをするものです！」

「証拠がないことを、口にすべきではない」

ミシェル様がぴしゃりと注意するが、メアリーさんは負けない。

「アリアンヌお嬢様が、審査中に眠るなんて、ありえないんです！」

何やら、いろいろと裏がありそうだ。ただ、証拠がない、と。

メアリーさんは、涙ながらに訴える。

「どうか、アリアンヌお嬢様の、味方になってください。きっと、お若いエリーさんのほうが、私なんかよりアリアンヌお嬢様のお気持ちは理解できるはずです。どうか、お願いいたします……！」

メアリーさんが苦しげに差し出した手を、私は包み込むように握った。

「誠心誠意、お仕えします」

「ありがとうございます……！」

その後、私室へと案内される。屋根裏部屋かと思いきや、違った。アリアンヌお嬢様の私室と続き部屋になっている位置に、部屋が用意されていた。

「ここが、エリーの部屋だ。アリアンヌお嬢様に何かあったら、すぐに駆け付けられるようになっている」

「安心安全設計なのですね。ミシェル様はどちらのお部屋で？」

ミシェル様が指を差したのは、私の私室の真向かいである。

「そちらも、安心安全設計なのですね」

ミシェル様も住み込みだと聞いていたが、まさかこんなに近い部屋だったとは。毎日この美貌を見ながら生活できるなんて、夢のようだ。思わず拝んでしまう。

「エリー、それはなんだ？」

「え⁉」

手と手を合わせるポーズは、この世界では神様に捧げる祈りのポーズではない。咄嗟に出てしまったのだ。指摘されて、私もなんだろうと思った。まあ、いい。今日のところは休んでもいいと言われたので、荷解きをさせてもらおう。

「では、明日から頼む」

「はい、頑張ります」

「あまり、力み過ぎないほうがいい。言われずともわかっているだろうが」

「あ、はい」

ミシェル様は、あわく微笑みながら私の頭を優しく撫でる。

不意打ちの笑顔と接触は、ひどく私をドキドキさせる。こうして一緒に働くことになって、ぐっと距離が縮んだような。

同僚限定の特別サービスなのか。こんなことが毎日あっては、心臓が正常に動き続けるのか心配になる。

「ではまた、夕食時に」

「夕食も、一緒なのですね」

「嫌なのか？」

「いえ、嬉しいです」

私が微笑みかけても、笑顔を返さないのがミシェル様である。そう、男前の笑顔は滅多に見ることができないのだ。

「では、また」

「はい」

一日目にして、私の心臓は負荷がかかりすぎて大変なことになっていた。と、ミシェル様にドキドキしている場合ではない。荷解きをしなければ。

ひとり部屋だという、贅沢なお部屋に足を踏み入れた。

「わ――っ！」

私のために用意された私室は、蔦模様に花が描かれた壁紙に、天蓋付きの寝台、立派な暖炉がある、なんとも素敵な部屋だった。

ラングロワ侯爵家の大奥様から贈られたドレスも、先に部屋に運ばれてきており、大きな衣装箪笥《だんす》に収納されている。ほかに、仕事着のドレスやエプロンも五枚ほど用意されていた。

円卓には花瓶が置かれていて、黄色い薔薇が活けられている。鼻を近づけると、良い香りがした。

使用人の部屋の手配は、女主人の仕事である。つまり、アリアンヌお嬢様が指示し用意してくれたものだ。

先ほどはメアリーさんの背後に隠れ、歓迎していないという素振りを見せていたけれど、心の中はそうではない。

温かい歓迎に、胸が熱くなる。

何があっても、私はアリアンヌお嬢様にお仕えしようと、改めて決意を固めた。

◇◇◇

夕食前に、お風呂に入るように言われる。ミシェル様は外にあるお風呂に入るようだが、私は館の中にあるお風呂を使ってもいいらしい。

お嬢様と一緒のお風呂を使うなんてとんでもない。そんなことを言って遠慮をしたが、「外を行き来したら確実に風邪を引く。だから、気にせずに使うように」とミシェル様に言われた。

「これはアリアンヌお嬢様の決定だ。従ってもらう」

「わかりました」

アリアンヌお嬢様がいいと言うのであれば、使わせていただくしかない。

恐れ多いと思ったが、お風呂は毎日入りたい。ありがたく、利用させていただこう。

脱衣室から浴室にかけて、大理石が惜しげもなく使われていた。よくよく確認したら、浴槽は陶器だ。いったい、どうやって焼いているのか、謎すぎる。

服を脱ぐ前に、浴槽に手を浸してみた。いいお湯かげんだ。

「はー……！」

思わず、感嘆のため息が出てしまった。

浴室は広く、洗い場もある。きちんとお湯の排水口がある構造は、稀だろう。

一般的なお風呂は、絨毯《じゅうたん》の上に猫足の浴槽が置かれているだけだ。当然、浴槽から出て体を洗うことなんてできない。では、どこで体を洗うのか。それは、浴槽の中しかない。石鹸を使い、頭と顔、体を、石鹸でお湯の中でじゃぶじゃぶと洗う。私は石鹸を流すお湯を別に用意していたけれど、ほとんどの人は浴槽のお湯でお風呂のすべてを済ませる。これが、〝この世界のお風呂事情だ〟。

「ん？」

ふと頭に過った〝この世界のお風呂事情〟とはどういうことなのか。私は何と比べているのか。考えたら、ズキンと頭が痛む。

「うう」

眩暈《めまい》を覚え、その場に蹲《うずくま》った。まだ、服を脱いでいなくてよかった。裸だったら、風邪を引いていたかもしれない。

ふと、目の前にあるアリアンヌ様の使っているバス用品が目に飛び込んできた。

置かれているのは、タワシのような垢擦《あかす》りと、薄紅色《うすべにいろ》の石鹸である。それを見た瞬間、ドキンと胸が高鳴った。

今まで、石鹸といったら黄ばんだ色ばかりだった。けれど、この石鹸はとてもきれいな薄紅色だ。こんな色合いの石鹸なんて、〝この世界では見たことがない〟。

またしても、不可解な思考が流れ込んでくる。本当に、私はいったい何と比べているのか。

頭痛が先ほどよりもひどくなったような気がする。

同時に、目の前にある薄紅色の石鹸が気になって気になって、堪らなくなった。

どんな香りがするのか。どれぐらい泡立つのか。使い心地はどんなものか、と。

だが、触れることは許されていない。これは、アリアンヌお嬢様の私物だ。使用人である私が、同じお風呂を使わせていただくだけでもありがたいのに……。

でも、手で触れずに香りをかぐだけならば、いいのかもしれない。

さっそく、石鹸に鼻先を近づける。くんくんと香りをかいだが――無臭だった。

「ええっ⁉」

期待外れの結果に、愕然としてしまう。これは、どういうことなのか。これほどまでにきれいな色が出ているのならば、豊かな香りがするはずだ。

「もしかして、ただの石鹸に、色を付けているだけなの？」

「なんですって？」

返事があったので、驚いて振り返る。メアリーさんが、脱衣室からひょっこりと覗いていた。

「お湯はいかがですか？　温《ぬる》くないですか？」

「あ――はい」

「服のままで、どうしたんで？」

「あの、この石鹸、アリアンヌお嬢様の物ですよね？」

「そうですよ。薄紅色の石鹸なんて、珍しいでしょう？　アリアンヌお嬢様のお気に入りなんです」

わざわざ隣国から取り寄せて使っているらしい。この国にはないものだと知り、さらに興味が惹きつけられる。

「エリーさん、それ、使ってもいいんですよ」

「え？」

「私も、その石鹸で体を洗っています」

ミシェル様と同じく、ここに住み込みで働いているメアリーさんもアリアンヌお嬢様と同じお風呂を使っているようだ。

「それって、メアリーさんだからじゃないですか？」

「いえいえ、そんなことないです。以前まで勤めていた侍女にも、使用していいと許可を出しておりましたし」

「そうですか」

浴槽の湯をたらいで掬《すく》い、石鹸を濡らす。そして、表面を摩《さす》って泡立ててみた――が、まったく泡立たない。

今まで使っていたどの石鹸よりも、泡立たなかった。

期待していた分、深く落胆してしまう。その思いは、叫びとなって発散された。

「な、なんで、この世界の石鹸は、こうなの――――!」

そんなふうに声をあげた瞬間、脳内に今までなかった記憶が流れ込んできた。

――私は日本で生まれた生粋の日本人、草原英梨《くさはらえり》。

手作りコスメやバス用品作りが趣味で、好きが高じてフランスに本社を置く、化粧品・バス用品の店舗で働いていた。

それから、それから――。

あまりの豊富な情報量に、私は意識を失ってしまった。

◇◇◇

もしかしなくても、私は転生というものをしたのだろう。平々凡々な日本人から、貴族のお嬢様へと。

ここは、私が知る世界ではない。きっと、異世界なのだろう。

文明は十九世紀後半あたりと同じで、地球にあるものはほぼ存在しているが、車や電車などは発明されていないようだ。

地球と異なる点は、魔法が存在することだろう。暗くなった部屋を照らす灯りや、台所で使う火などはすべて魔法仕掛けだ。

私は生活の役に立ついくつかの魔法を習得している。とはいっても、ちょっとした火を熾《お》こしたり、風を起こしたりできる程度だ。

なんというか、前世の記憶を取り戻すというのは不思議な気分だ。

日本人だった私はごくごく一般的な家庭に生まれたが、姉妹が七人もいるところは普通ではなかっただろう。

小さい時は姉たちが使っていたキラキラコスメや、お風呂場にある良い香りのするシャンプーやトリートメントに興味を抱く。もちろん、使うのは禁止。こっそり使ったとしても、香りでバレる。猛獣系肉食女子の姉たちに猛烈に怒られながら、大人になったら良い香りのするバス用品をしこたま買ってやると野望を抱いていた。

そんなオシャレ番長である姉たちのもとで育ったからか、私のバス用品や化粧品への興味は人一倍だった。そして、好きが高じてバス用品や化粧品のメーカーに就職した。それだけにとどまらず、休日には手作りで石鹸や口紅などを作っていた。

前世の記憶が戻ったといっても、バス用品や化粧品関連のことだけで、結婚していたかとか何歳で死んだのかとかは思い出せない。

おもしろい点は、両親と姉妹も同じように転生していること。不思議なものだ。

それにしても、エリー・グラスランドって日本名の草原英梨。驚くほどまんまだ。

そんなことに気づき、脱力する。


ひんやりと、冷たい布が額に置かれてハッとなる。

まぶたを開くと、春を迎えた新緑の森のような瞳と視線が交わった。

「きゃあ！」

鈴を鳴らしたような可愛らしい悲鳴が上がり、ガタガタと物音が鳴り響く。

視線をそこに向けた先には、喪服の少女がいた。顔を逸らした姿でうずくまっている。

「あ、あなた様は――？」

「アリアンヌお嬢様！　すみません、失礼いたします」

そう言って入ってきたのは、ミシェル様だった。

アリアンヌお嬢様に寄り添い、無事か確認する。廊下にいたメイドに命じ、部屋に連れて行かせた。

アリアンヌお嬢様が、私の看病をしていたと？

驚いた。私はただの使用人なのに。

「エリー、大丈夫か？」

「え？」

「昨日の夕方、浴室で倒れていただろうが。具合はどうだ？」

「あー……。はい。平気です」

前世の記憶が戻ったのと同時に、私は意識を失っていたようだ。

「部屋に運んだ時は、ひどくうなされていたが」

「もしかして、ミシェル様が運んでくださったのですか？」

「そうだが」

「あ、ありがとうございます。重かったでしょうに」

「……いや」

なんだ、今の間は。もしかして、思っていたよりも重かったのか。羽のように軽いのは、物語のお姫様だけなのだろう。そんな現実はさておいて、これ以上体重が増えないように間食は控えないと。

「夜もうなされていたらしいが」

「もう、ぜんぜん平気です」

発熱していたようだが、頭痛はきれいさっぱりなくなった。それよりも、気になっていたことがあったので質問をぶつける。

「あの、なぜ、アリアンヌお嬢様が私の看病を？」

「昨日は冷え込んでいたため、ここに来たせいでエリーが風邪を引いたのだと思われていたようだ」

「アリアンヌお嬢様自ら看病してくださったなんて……。お優しい方です」

「その優しさが、アリアンヌお嬢様の弱みでもあるのだが」

確かに、たかが使用人ひとりの体調不良に対して主人自ら看病するなんて、優しすぎるだろう。

「将来王妃になるのならば、使用人は使い捨てくらいに思っておかないと、後々アリアンヌお嬢様がつらくなる」

「そう、ですね」

「それに、優しすぎる性格は、使用人に付け入られる隙にもなるだろう」

あまりにも厳しい状況に、言葉をなくしてしまった。本当に、なんと言っていいのやら……。

「アリアンヌお嬢様は、不器用なのだ」

父親の再婚と義妹の存在にショックを受け、母親との思い出が詰まった離れに引きこもるなどということは王太子妃候補としてあってはならない。

アリアンヌお嬢様はきっと、繊細な心を持っているのだろう。

私ができることは、誠心誠意お仕えするだけ。何も考えず、彼女が暮らしやすいように支えなければ。

と、気合いを入れたのはよかったが、今日一日は安静にするように言われてしまった。アリアンヌお嬢様からの命令でもあるらしい。

ただ、前世の記憶が戻っただけなのに。なんて言えるわけもなく、おとなしく休むことにした。


翌日早朝から、勤務開始だ。まず、メアリーさんから説明を受ける。

「アリアンヌお嬢様についてですが、最近調子がよくないようで、週に一度お医者様を呼んでおります」

「何かご病気で？」

「いえ、病名は特定されていないのですが、腹痛や吐き気などですね。お医者様は、生活環境が変わったからだとおっしゃっているのですが」

離れに来てから、体調がよくないようだ。ストレスだろうか。まだ十二歳の少女なのに、おいたわしい。

ほかに、好きなお菓子や紅茶、食べ物、ドレスの好みなどを聞く。

「あの、アリアンヌお嬢様はお母様が亡くなってから、ずっと喪服をお召しになっているのですか？」

「いえ、お召しになっていたのは、奥様が亡くなってから一年くらいなのですが、離れに来てからまたお召しになって。理由は存じないのですが」

「はあ」

離れに来たきっかけは、王太子妃候補の試験でレティーシア様に負けてから。おそらく、その一件がアリアンヌお嬢様の心に影を落としてしまったのかもしれない。

「エリーさん、私たちができるのは、アリアンヌお嬢様が健やかに生活できるよう、手助けすることだけです。これから、どうぞよろしくお願いいたします」

「はい。こちらこそ、よろしくお願いします」

メアリーさんと手と手を取り合い、アリアンヌお嬢様を支えようと誓い合った。

勤務一日目が始まる。

太陽が地平線から顔をのぞかせると、アリアンヌお嬢様を起こしに行く。

先にカーテンを開き、部屋を明るくした。

「ううん……」

寝台に太陽光が差し込み、アリアンヌお嬢様は身じろいだ。同時に、メアリーさんが優しく声をかける。

「アリアンヌお嬢様、朝ですよ」

「うん……」

「今日は、エリーさんも来ていますからね。シャキッと起きてください」

「え⁉」

私がいると聞いたアリアンヌお嬢様は、すぐさま起き上がる。

長い銀髪にぱっちりとした新緑の瞳、ほっそりとした手足。アリアンヌお嬢様は人形のような美少女だった。

袖や胸元にフリルが施された、リネンの寝間着がよく似合っている。

しかし具合を悪くしているのは本当のようで、肌は白さを通り越して青白い。ストレスの影響か、肌荒れもしているようだった。

まあ、あの泡立たない上に無臭の石鹸で洗っても、肌荒れは改善されないだろうが。

考えただけで、腹が立ってくる。あれはきっと、食紅か何かで色付けされているのだろう。はっきり言って、粗悪品だ。

「ねえ、エリー、あなた、大丈夫だったの？」

「あ——はい！　おかげさまで。看病も、してくださったようで。心から、感謝します」

「また、侍女がいなくなったって噂されたら、私の名に傷が付くからよ」

「は、はあ」

メアリーさんが耳元で、「アリアンヌお嬢様は、お気になさらずと言いたいのですよ」と囁いてくれた。なるほど。行動と言動がちぐはぐな御方なのだろう。ミシェル様がアリアンヌお嬢様のことを、不器用だと評した意味を理解した。

「アリアンヌお嬢様、今日のお召し物はこちらをご用意してみたのですが——」

メアリーさんが持ってきたのは、すみれ色のモーニング・ドレスだ。だけど、アリアンヌお嬢様はプイッと顔を逸らし、「いつもの黒いドレスを」と命じる。メアリーさんはがっかりした様子で、衣裳部屋へトボトボと歩いていった。

おそらく、アリアンヌお嬢様が喪服を纏うのは、肌荒れと青白い顔色を隠したいからなのだろう。気持ちはわかるけれど……。

「エリー、あなたはお薬を塗ってちょうだい」

「かしこまりました」

アリアンヌお嬢様は、毎日肌をきれいにするクリームを塗っているようだ。たしか、猫の絵が描かれた缶の中に入っているという。薬箱から取り出し、アリアンヌお嬢様に間違いないか確認する。

「こちらで間違いないでしょうか?」

「ええ、そうよ」

「可愛らしい缶ですね」

ポツリと呟いたあと、ハッとなる。お仕えする相手に話しかけるなど、あってはならないことだ。例外はミシェル様の母君であるラングロワ侯爵家の大奥様のみ。うっかりしていて、大奥様に仕えていた時の癖が抜けきっていなかったのだろう。無視されるのかと思っていたが、アリアンヌお嬢様は目を輝かせながら言葉を返してくれる。

「猫、大好きなの。でも、毛を吸い込むとくしゃみが止まらなくて」

「そうなのですね」

猫の話をしている時は、年相応の可愛らしい少女に見える。なぜ、年端も行かないアリアンヌお嬢様が、こんなにおつらい目に遭っているのか。

肌の荒れ具合を見ていたら、精神的に相当参っていることがわかる。

青白い肌にニキビがポツポツと赤く腫れていて、実に痛々しい。クリームを塗る前に、ふと疑問に思う。

「あの、お嬢様、こちらは、どのようなクリームなのでしょうか？」

「どうして？」

「いえ、もしかしたら、肌に合っていないのでは、と思って……」

「それは、肌を綺麗にするクリームで、レティーシア、妹から誕生日にもらった贈り物なの」

もう、一ヶ月もこのクリームを使っているらしい。

「そう、だったのですね」

「とっておきの、美肌クリームだそうよ」

アリアンヌお嬢様の説明に対し、「それは素晴らしいですね」と返すことはできなかった。

もしかしたら、このクリームがアリアンヌお嬢様の肌質に合っていないのかもしれない。これを塗るより、抗菌作用の高いローリエオイルの石鹸を使ったほうが、よほど効果があるだろう。

ローリエオイルとは、月桂樹の葉をスイートアーモンドオイルに浸けて作る油のこと。ローレルは料理の風味付けに使われる用途が一般的だが、消毒剤、抗炎症作用、鎮静効果など、さまざまな効能があるのだ。

「……」

「あなた、どうかなさって？」

「あの──差し出がましいことを申しても？」

「何かしら？」

「アリアンヌお嬢様は、肌がすぐ荒れる、というわけではないですよね？」

「ええ、ごくごく普通の肌質だと思うけれど」

「でしたら、こちらのクリームは、アリアンヌお嬢様のお肌に合っていないのかもしれません」

「どうして？」

「通常、一ヶ月も使ったら、効果が現れているはずです。しかし──」

「そう、ね。たしかに、あなたの言う通りだわ。でも、何が合わないのかしら？」

「よろしければ、こちらのクリームの成分を、調べてきましょうか？」

「そんなこと、できるの？」

「店員に話を聞く程度ですが」

「だったら、お願いするわ」

「ありがとうございます」

本日は、美容クリームの成分を調べるお仕事を命じられた。

「ほかに、買ってくる物はございますか？」

「パティスリーローズの、木苺のタルトを……いいえ、ないわ」

「あの、パティスリーローズの木苺のタルト！　おいしいと噂の！」

「え、ええ」

毎日行列ができていて、入手困難の大人気タルトだ。お昼前には品切れになるという。

「前に、レティーシアが、おいしかったと言っていたの」

「そうだったのですね」

アリアンヌお嬢様は穏やかな表情で話す。勝手に、姉妹は骨肉の争いをしていると思っていたが、案外そうではないようだ。

仲良くしようとしていた姉妹に、王太子妃の座を巡って戦わせるなんてひどいことをするものだ。

何はともあれ、今日の仕事は決まった。

メアリーさんと一緒にアリアンヌお嬢様の身支度を整える。

「エリー、街に出かける時は、ミシェルを連れて行きなさいな」

「なぜ、ミシェル様を？」

「危険だからに決まっているじゃない。ねえ、ミシェル？」

「ええ。確かに、街は安全とは言えないのですが――」

今は社交期で、王都は人であふれている。その分、物騒な事件も起きやすい。けれどそれは、治安が悪い下町や酒場で多く発生している。ただ、街を歩いているだけでは、事件に巻き込まれることはほぼないだろう。

それに、ミシェル様はアリアンヌお嬢様の護衛である。そばを離れるわけにはいかないのだ。

「あの、アリアンヌお嬢様、私はひとりで平気ですので」

「生真面目なのね。だったら、メイドを連れて行きなさい。それだったら、いいでしょう？」

「はい。ありがとうございます」

そういえば、侯爵家の奥様も、お使いを頼むたびにメイドを連れて行くように命じていた。荷物持ちのためと思っていたけれど、私の護衛の意味もあったようだ。

そんなわけで、メイドを二名連れて馬車で街まで行くこととなった。

メアリーさんが選んだメイドは、イリスとドリスという、アリアンヌお嬢様と同じ十二歳の双子の姉妹だ。栗色の髪を三つ編みのおさげにしていて、そばかすが散った顔は愛らしい。ふたり共そっくりの一卵性の双子なので、緑のリボンがイリス、青がドリスと覚えたらいいらしい。

イリスとドリスは、キラキラとした瞳で、アリアンヌお嬢様について語る。

「アリアンヌお嬢様は本当にいいお方で」

「公爵家にいた時、レティーシア様の前で粗相をして、首になりそうだった時、私たちを助けてくれたんですよ」

「そうだったのですね」

話を聞けば聞くほど、アリアンヌお嬢様がお優しく、正義感の強い方だということがわかる。

「レティーシア様がいなければ、きっと今頃、正式な王太子妃候補になっていたのに」

「悔しいです」

「それは、仕方がない話で……」

「でも、ありえないんです」

「そうです。ありえないんです」

ふたり口をそろえて言う。

ありえないとはどういうことなのか。少々踏み込んだ話を聞いてみた。

「何か、イレギュラーな問題があったということですか？」

「そうです」

「びっくりしました」

いったい何が起こったというのか。イリスとドリスの話を、固唾《かたず》を呑んで聞く。

「公爵の再婚相手――新しい奥様が、公爵にレティーシア様を王太子妃候補にしてくれと、涙ながらに頼んだのですよ」

「公爵と結婚したのは――名声と、娘を王太子妃にさせるためだと、噂されています」

「そ、そんな！」

王族に嫁ぐのは、国内の上位貴族の中から選ばれる。レティーシア様の亡くなった父親は中位貴族で、王族に嫁げる血筋ではない。それなのに、公爵はレティーシア様を王太子妃候補として上げ、国王もそれを認めたのだ。

「でも、どうして認められたのですか？」

「お金です」

「新しい奥様は、亡くなった元夫の遺産を、すべて手にしていました」

レティーシア様の母親が国の財政が潤うほどのお金を献上し、王太子妃候補の座に納まることとなったのだ。

国王が認めたら、意見など許されない。数年前の戦争に負け、賠償金の支払いが苦しいという話を聞いたことがある。お金と引き換えに王太子妃候補にしてほしいという申し出は、またとない支援だったのかもしれない。

「でも、ありえない話はこれだけではなくて」

「レティーシア様は、アリアンヌお嬢様のことを強くライバル視しているのです」

イリスとドリスはゾッとするようなことを、声をそろえて言った。

「アリアンヌお嬢様を、いじめているのです！」

「え？」

レティーシア様が、アリアンヌお嬢様をいじめている、と？

「そんな……アリアンヌお嬢様は、レティーシア様と仲が良いのかと思っていましたが……」

贈り物をもらったり、好きなお菓子の話をしたり、ごくごく普通の仲のいい姉妹だと思っていた。

「レティーシア様が来てから、アリアンヌお嬢様はボロボロになったんです」

「本邸から離れに追い込んだのも、レティーシア様なんです」

「え、でも、本当？　あなたたちの、気のせいでは？」

「でも、この前、レティーシア様がアリアンヌお嬢様に言っていました」

「さっさと出て行きなさい、って」

メアリーさんもそんなことは話していなかった。イリスとドリスは、レティーシア様のことをもともとよく思っていなかったのでは？　そんなことを言ったら、ふたりはポロポロと涙を流し始めた。

「みんな、レティーシア様は悪くないって、同じことを言うんです」

「私たち、レティーシア様の悪行を見たから言っているのに」

「悪行とは？」

「レティーシア様の侍女が、アリアンヌお嬢様のお茶に何かお薬を入れたのです」

「そのせいで、アリアンヌお嬢様は王太子妃候補の試験中に眠くなって」

まさか、睡眠薬を入れたとでもいうのか。でも、証拠はないという。

「でも、見たんです」

「粉末のものを、サラサラと紅茶に」

「一番ひどいのは、アリアンヌお嬢様がレティーシア様の悪意に気づいていないことなんです」

「公爵様も気づいていません」

イリスとドリスの言っていることが本当だとしたら、アリアンヌお嬢様は知らないうちに王太子妃候補から引きずり下ろされるだろう。

「もしかして、あなたたちはレティーシア様を摘発《てきはつ》しようとして、首になりかけたのですか？」

「そうです」

「悔しい記憶です」

アリアンヌお嬢様がふたりを引き取ってくれて、本当に良かった。証拠がないのにそんなことをしたら、最悪の場合、動けなくなるまで鞭で叩かれてもなんら不思議ではない。

「もう、そんなことをしたら、ダメですよ」

「なんでですか？」

「悪事を、見逃せというのですか？」

「違います。戦う方法を間違ったら、アリアンヌお嬢様の立場まで、危うくなってしまうのです」

証拠があればいい。しかし、ない場合はアリアンヌお嬢様が嘘をついて、レティーシア様の立場を悪くするようメイドに命じたと思われる可能性があるのだ。

「そ、そんな……」

「き、気づきませんでした……」

イリスとドリスは落ち込んでしまう。正義感も間違った方向に振りかざしたら、立場を危うくしてしまうこともあるのだ。

「もしも、何か発見した時は、証拠を集めてみてください。危ないことはしたらダメですよ。行動を起こす前に、私に報告してくださいね」

「わかりました」

「了解です」

そんな話をしているうちに、街に到着した。

社交期のため、街は着飾った淑女の姿と、買い物した箱を積み上げて歩く使用人の姿など、大変賑やかだ。

付添人《シャペロン》を連れ、デートする男女の姿がある。

男女の姿といえば、公爵家で見かけた〃はしたない二人組《ににんぐみ》〃はなんだったのか。

そんなことを考えながら歩いていたからか、店から出てきた若い男性にぶつかってしまった。

「うわっ！」

まったく色気のない悲鳴をあげたあと、迷惑そうににらまれてしまう。

「気をつけろ」

「す、すみません」

「あら、どうしたの？」

けだるげで色っぽい女性の声が聞こえる。燃えるような赤い髪に、琥珀色の瞳を持つ四十代くらいの熟女。

「あら、あなた――」

知り合いだっただろうか？

熟女の瞼がスッと細められた瞬間、「あ！」と声をあげそうになる。

彼女は先日、キツネ色の髪色の若い騎士と大胆に睦み合っていた熟女だ。やはり、私が見ていたことがバレていたのだろう。

連れている男性は一昨日と違う。今日は、グレーの髪色の男性だ。

ふたりの雰囲気は、親密だったので彼ともそういう関係なのだろう。たくさん、男性のお友達がいるのかもしれない。まあ、他人の交友関係なんて、どうでもいいけれど。

じっと見つめられていることに気づき、額にぶわっと汗がにじみでる。

「あの、失礼いたしました。それでは、ごきげんよう」

そう言って颯爽と去ろうとした。それなのに、熟女に肩をぐっと掴まれてしまう。

鷲の爪のように鋭く長い爪が、私の肩にくいこむ。ぐぐっと接近し、耳元で囁いた。

「もしかして、アリアンヌの新しい侍女？」

「は、はい」

「盗み見をするなんて、はしたない子ネズミね。もしも誰かに見たことを口外なんかしたら、すぐさま駆除するから」

思いがけない忠告に、ゾッとする。何度もコクコクと頷いたら、解放された。

イリス、ドリスと共に、逃げるようにこの場から去る。

やはり、私が馬車の中から見ていたことは、把握していたようだ。

路地裏に入って息を整えていたら、とんでもないことが明らかとなる。

「デルフィネ様、な、なんでこんなところに……」

「き、今日は、お茶会の日のはず……」

「え、デルフィネ様？」

「そうです」

「奥様です」

「ど、どこの、奥様なんですか？」

「ルメートル公爵家の奥様です」

「決まっています」

「ええっ……！」

あの派手な熟女は、公爵家の新しい奥様でありレティーシア様の母親である、デルフィネ・ルメートルだという。

信じられない。公爵家の奥様が、庭に男を連れ込んで一時の享楽《きょうらく》に耽《ふけ》っていたなんて。

「デルフィネ様は、恐ろしい方です」

「なるべく、関わり合いにならないほうがいいです」

「ええ、そうですね……」

もう、ガッツリ関わってしまったけれど。運が悪かったとしか言いようがない。

悪夢を見てしまったと思うことにして、一刻も早く忘れたほうがいいだろう。

そのほうが、絶対にいい。

「よし！　気分を入れ替えて、買い物をしましょう！」

「はーい」

「了解です」

まずは、パティスリーローズに木苺のタルトを買いに行かなければならない。

「えっと、どっちだったか」

「こっちですー」

「もう、すごい行列ですよー」

イリスとドリスに導かれ、パティスリーローズに向かった。すでに、店頭には三十名以上の行列ができていた。辛抱強く待つ。

パティスリーローズのお菓子は、王都に住む女の子全員の憧れのお店だ。イリスとドリスも、店の中を窓からのぞき込み、瞳をキラキラと輝かせていた。クッキーや飴ならば、買ってあげてもいいだろう。

一時間半ほど並んで、ようやく順番が回ってくる。

ショーケースの中にある木苺のタルトは、ルビーのように光り輝いていた。きっと、アリアンヌお嬢様も喜んでくれるだろう。

イリスとドリス、メアリーさんにもお土産の焼き菓子を買って包んでもらう。

「こちらの木苺のタルト、配達もしておりますが、いかがなさいますか？」

持ち歩いていたら、形が崩れるかもしれない。配達してもらったほうがいいだろう。

「では、郊外にあるルメートル公爵家の離れにいらっしゃるアリアンヌお嬢様までお願いいたします」

そう頼んだら、店員の表情が凍り付いた。

「あの、申し訳ございません。たった今、木苺のタルトは、完売いたしました」

「え？」

「代金は、お返しいたします」

そう言って、渡した代金がそのまま返される。呆然とその場に立ち尽くしていたが、背後に並んでいた客からドン！と押されてしまった。

「ちょっと、何をするんですかー」

「順番、守ってくださいー」

イリスとドリスが抗議するが、聞く耳持たずだった。

「あんたらは、会計終わっただろう！　もう、出て行ってくれ！」

「なんですって？」

「まだ、終わってないのに！」

「……イリス、ドリス、行きましょう」

トボトボと、店の外に出る。しばらく店の前でぼんやりしていたら、先ほど私を押した客が笑顔で木苺のタルトが入った箱を持って出てきた。

「やっぱり、売り切れって嘘です」

「そうです」

まだ、ショーケースにはたくさんの木苺のタルトが並んでいた。パティスリーローズのお菓子は予約不可。そのため、こうして並んで買うしかないのだ。

「どうして、私たちは木苺のタルトを買えなかったのでしょうか？」

「きっと、レティーシア様が手を回して、アリアンヌお嬢様には売らないように言っているのですよ」

「間違いありません」

イリスとドリスはこう言っているが、果たしてその通りなのか。

確かに、アリアンヌお嬢様の名前を出す前は、普通だった。おかしくなったのは、名前を言ってから。犯人がレティーシア様でなくても、どうしてこんなことをするのか。理解に苦しむ。

私が公爵家の離れに配達さえ頼まなければ、買うことができたのだ。

この件はすべて、私が悪い。

「ごめんなさい。木苺のタルトが買えなかったのは、私のせいです」

「そんなことないです」

「悪いのは、お店に売らないよう唆《そそのか》した人です」

イリスとドリスはそう言って、私を励ましてくれた。

みんな、笑顔で木苺のタルトを持って店から出てくる。私たちは落ち込みながら、その場をあとにした。

続いて向かったのは、貴族御用達の薬局。美容クリームはおそらくここで買ったと思われる。

老齢の店主に美容クリームの缶を差し出したが、見たことがないと言われてしまった。

「もしかしたら、これは下町の薬局で売っている、怪しいものではないかい？」

「怪しいもの？」

「ああ。なんでも、免許のない無印の錬金術師が作ったっていう、胡散臭いものだ。猫印のパッケージングがなされていると、聞いたことがある」

錬金術師とは、魔法を使い、薬や化粧品の製造を生業としている人たち。その中でも国家試験を受けて合格した者だけが『国家錬金術師』と名乗ることができる。

一方、無印の錬金術師と呼ばれる者は、国家試験に合格していない無免許の錬金術師のことだ。

「しかし、気を付けるんだな。今、下町は物騒だ。お嬢さんたちだけで乗り込んだら、何があるかわからん」

「ええ、そうですね……」

イリスとドリスは行く気満々のように見えたが、今日、私たちだけで行くのは止めておいたほうがいいだろう。まず先に、ミシェル様に相談したほうがいいのかもしれない。

せっかく街までやってきたのに、成果はゼロだ。イリスとドリスもガッカリしている。

「アリアンヌお嬢様にできることは、何もないのですね……」

「とても、無念でなりません……」

木苺のタルトは売ってもらえなかったし、美容クリームについての調査もできない。

「本当に、無力です」

「何か、私たちでできることがあればいいのですがー」

「もうこれ以上、失敗はできませんし、悩みどころですー」

「私たちに、できること……」

最大の問題である、王太子妃候補を姉妹で争う件についてはどうにもできない。

次にできることは――荒れた肌を治すこと。

「あ、そうだ！」

ここで、私たちにできることが思い浮かんだ。

「どうしたのですか？」

「何か、いい案が浮かんだのです？」

「はい、浮かびました。石鹸を、作るのです！」

イリスとドリスは左右対称で首を傾げ、頭をゴツンとぶつけていた。同時に、「痛い！」と悲鳴をあげている。さすが双子だ。鏡のように動くし、叫ぶタイミングも同じだった。

「イリスの石頭ー」

「ドリスも石頭ー」

不幸な事故はさておいて。幸い、ここは薬局だ。石鹸の材料がないか、店主に聞いてみる。

「あの、苛性ソーダと精製水はありますか？」

「あるよ」

「じゃあ、それをください」

この世界は、地球にあるものならばほとんど存在する。狙い通り、石鹸の材料が入手できた。

「ローレルオイルは置いてないですよね？」

「ここにはないね。食品店にならば、あるはずだ」

「ありがとうございます」

ローレルオイルは料理の香り付けに使われているようだ。なかったら作るしかないと思っていたが、あるようなのでホッとした。

イリスとドリスを引き連れ、食材店でローレルオイルを購入する。

「これで、アリアンヌお嬢様のお肌がきれいに？」

「私には、ただの油に見えるのだけれど？」

「ローレルオイルには、菌の繁殖を防ぐ上に炎症を防ぐ作用があって、さらには肌の毒素を除去してくれるんですよ」

「へー」

「ほー」

敏感肌であれば取り扱いには注意が必要だが、アリアンヌお嬢様は敏感肌ではないと言っていた。おそらく、ローレルオイルの効果は最大に発揮されるだろう。

ココナッツオイルを入れると、モチモチとした弾力のある泡ができる。ほかにも、いくつかのオイルを買った。

あとは、石鹸作りに必要な材料を雑貨屋で買いそろえる。

「ゴム手袋に、秤、泡だて器にゴムべら、耐熱容器、温度計……」

双子が売り場から、どんどん持ってきてくれた。大荷物になったけれど、もう離れへの配達は頼めない。三人で荷物を分けて、持ち帰ることとなった。

アリアンヌお嬢様は書斎で、家庭教師から出された外国語の勉強をしていたようだ。すでに三ヶ国語はしゃべれるようだ。未来の王妃としての教養を、身に付けつつある。

ひと息ついたところで、アリアンヌお嬢様に成果を報告する。

「美容クリームの販売元は下町にある錬金術師の店のようで、その、申し訳ないのですが、我々だけで行くのは危険と判断し、一度持ち帰ることにしました」

「それが賢明ね。下町では物騒な事件が起きているって、噂があるもの。無茶しなくて、よかったわ。無事に帰ってきてくれて、ありがとう」

ただの使用人に、温かい心遣いをしてくれるなんて。まぶたがカッと熱くなり、目が潤んでしまった。

そんなお言葉をいただいたあとに、木苺のタルトについて報告しなければならないのは非常につらい。だが、言うしかない。

「あと、木苺のタルトについてですが、完売していたようで」

「そう。やっぱり、人気なのね」

アリアンヌお嬢様は実にあっさりとした言葉を返す。ガッカリしている様子はないので、ホッとした。

「美容クリームは、原材料が判明するまで、使わないほうがいいわね」

「はい、そのほうが、よろしいかと」

「下町の錬金術師なんて、怪しいもの」

「はい……」

美容クリームについて、使わないほうがいいと進言しようか迷っていたのだ。アリアンヌお嬢様は下町の錬金術師という胡散臭い存在に、疑問を抱いてくれたようで深く安堵した。

「それで、代わりと言ってはなんですが、肌質を改善する石鹸を、今から作ろうと考えておりまして」

「石鹸？」

「はい。ローレルオイルを使った、肌によい石鹸です」

「へえ、あなた、石鹸の作り方を知っているのね」

「はい。趣味で、その、作っていた物なのですが。姉たちも絶賛しておりましたので」

姉たちの絶賛というのは前世での話だけれど、まあ問題ないだろう。

かなり使い心地がよかったようで、姉たちから「石鹸で商売すればいいじゃん」と言われたくらいだ。

実際に石鹸を売るとなったら、個人でするにしても少々面倒くさいことになる。

まず、化粧品販売業の許可を取らなければならない。でないと、薬事法違反となってしまう。

まあ、これは日本で販売する場合の話だけれど。

幸い、ここの世界はそんな決まりはない。それに販売するわけでもないので、問題ないだろう。

「手作り石鹸、楽しみにしているわ」

「はい。しばし、お待ちを」

今度こそ、アリアンヌお嬢様の期待を裏切ってはいけない。きちんと作って、肌質改善を目指さなければ。

イリスとドリスを呼んで、階下にある蒸留室《スティルルーム》で作ることにした。

蒸留室というのは菓子や瓶詰などを作る調理をしたり、薬草を煎じたり保管したりする部屋でもある。現在、蒸留室を管理しているのはメアリーさんで、事情を話したら使ってもいいと許可してくれた。

「今から石鹸作りについて説明します」

「了解です！」

「かしこまりました！」

「まずは、注意事項から」

石鹸を作るのは、ちょっぴり危険だ。手順を間違うと火傷したり、ガラスが破裂したりして怪我を負ってしまう。

「特に、苛性ソーダは劇物に指定されています。皮膚に触れたら肌が溶けますし、眼に入ったら失明の可能性もあるので、注意してください」

そんな説明をすると、イリスとドリスは顔色を青ざめさせる。

「でも、手順をきっちり守っていたら、危険なことは何ひとつないですよ。安心してください」

怪我をしないようゴーグルを装着し、手にはゴム手袋を嵌《は》める。口元はマスクで覆い、分厚いエプロンをかけるのも重要なことだ。

「では、始めましょう」

まずは、オイルの準備をする。使うのは、ローレルオイルにココナッツオイル、それと石鹸が型崩れしないよう、ほんのちょっとパームオイルも加えて混ぜた。

イリスとドリスは、真剣な様子で作業を見ていた。ただ、劇物を使うと言ったので、距離は一メートルくらい離れているけれど。

「オイルは湯煎にかけて溶かし、そのあと、水に溶かした苛性ソーダを加えます」

苛性ソーダの取り扱いは何度も言うが、要注意である。

「苛性ソーダはきっちり計量してから使ってください」

袋から苛性ソーダを取り出すと、イリスとドリスの表情が強張った。失敗なくきちんと作っていたら、怖くないということを証明しなければ。

「耐熱性のある容器に精製水を量って注ぎ、そこに苛性ソーダをゆっくり、少量ずつ加えて溶かします」

注意すべきは、苛性ソーダの中に精製水を注ぐのは危険だということ。温度が急上昇し、容器が破裂してしまう可能性がある。その話を聞いたイリスとドリスは、同時に「ヒッ！」と悲鳴を上げていた。

「ちなみに、この時立ち上る蒸気は有毒なので、絶対に吸わないように気をつけてください」

さらに、ふたりは手と手を取り合い、鏡合わせになったようにガクブルと震えている。気を付けていたら大丈夫だと、重ねて言っておいた。

「次に、オイルと苛性ソーダ水を同じ温度にしたあと、オイルの中に苛性ソーダ水を少しずつ入れながら泡だて器で混ぜていきます」

混ぜたものがもったりしてきたら、型の中に注ぎ入れる。

「よし、これで作業は一段落っと！」

イリスとドリスが拍手をして称えてくれた。

「これが固まったら使えるの？」

「乾燥、三日くらい？」

「まず、一週間乾燥させて、きれいに乾いていたら型から出して切り分けて、一ヶ月から三ヶ月くらい熟成させます」

「えー！」

「そんなに時間かかるの？」

そうなのだ。石鹸作りは、使えるようになるまで時間がかかる。

「中には一年も熟成させる石鹸があるんですよ」

「忘れそう」

「気が長い」

熟成させるのには、理由がある。完成したばかりの石鹸はアルカリが強く、すぐに使うと肌が荒れてしまう。そのアルカリは、熟成させることによって弱まっていくのだ。

「熟成、大事なんだ」

「しっかり熟成しないと」

「そうですね」

気の長い石鹸作りの救世主が、魔法だ。

魔法を使って石鹸を固め、熟成させる。さすれば、あっという間に石鹸の完成となるのだ。

「イリスとドリスは、魔法は使える？」

双子はそろって首を横に振る。

「魔法を習うのは、お金がかかるから」

「私たちは、習えなかったの」

イリスとドリスは革職人一家の娘で、兄妹が十五人もいたため魔法を習う余裕はなかったようだ。

「でも、使用人になったら、習うのでは？」

使用人は魔法が使えるほうが役に立つ。そのため、雇った使用人には魔法を習わせることが多い。

「私たちが入った時くらいから、魔法は習ったらダメって」

「デルフィネ様は、反魔法派の人なの」

「そ、そうなんですね」

反魔法派――魔法は人の暮らしに害をもたらすものだと主張し、魔法使いを忌み嫌う人たちの呼び名だ。その昔は、多くの信者がいて、魔法使い狩りなんて物騒な活動もしていた。現代になり、魔法は日常生活に欠かせないものであるという認識が根付いたため、反魔法派はほとんどいなくなった。

まさか、デルフィネ様が反魔法派だなんて……。

「もしかして、公爵家の本邸は魔法を使っていないのですか？」

「そうですよー」

「灯りも、魔石灯ではなく、古き良き蝋燭ですー」

「ええっ……！」

「夜はとても暗いですー」

「使用人の仕事も増えますー」

公爵家の本邸では基本、魔法は禁止。不便な生活を送っているらしい。

地球でいったら、電気やガスが使えないような中で暮らすようなものだろう。

「アリアンヌお嬢様は、魔法は使っていいと」

「離れでのお仕事は、とっても快適だとみんな言っています」

ここの使用人は、みんな生き生きと仕事をしている。アリアンヌお嬢様のお人柄のおかげもあるし、魔法を自由に使って仕事ができるから、ということもあるのだろう。

「あ、すみません、話が逸れてしまいました」

石鹸を魔法で乾燥させる作業に移る。

「では、見本を見せますね」

石鹸に手をかざし、呪文を唱える。

「――かわききれ、完全乾燥《フル・ドライ》」

石鹸の上部に魔法陣が現れ、パチンと弾ける。液体状だった石鹸は、瞬く間に固形となった。

「おー！」

「すごいー！」

イリスとドリスの称賛に手を上げて答えつつ、次の工程を説明する。

「ここで、石鹸をカットします。ナイフだと切り目が美しくないので、ピアノ線で切ります」

石鹸を型から取り出し、使いやすい大きさに切り分ける。ピアノ線を左右の指先に巻き付け、ピンと張った状態で切った。

「切り目、きれいー」

「ピアノ線、こんなふうに使えるんだー」

「ケーキとかも、ピアノ線を使ったら生地の表面が美しく切れるのですよ」

「そうなんだ」

「今度やってみる」

カットが終わったら、今度は魔法で熟成させる。

「──ふかまれ、熟成《エージング》」

小さな魔法陣が石鹸の上にいくつも浮かび上がり、次々と弾けていく。石鹸が発光し、光が収まったら熟成は完了したことになる。深緑色のローレル石鹸が完成した。

「完成です」

ここでも、イリスとドリスは拍手してくれた。

「アリアンヌお嬢様にお渡しする前に、私たちが使って異常がないか調べたいのですが、協力してくれます？」

「もちろん！」

「任せて！」

イリスとドリスはごくごく健康的な肌質らしい。私は若干敏感肌の傾向があるので、使って問題なければ大丈夫だろう。

それにしても、久しぶりに石鹸を作った。最初はちょっとだけ不安だったけれど、体が前世の記憶を覚えているものだ。問題なく完成した。

それにしても、魔法は便利だ。たった一日で、石鹸が完成してしまった。

石鹸を手に取ったら、頬ずりしたくなる。やっと、まともな石鹸を手にすることができたのだ。

「さっそく、使ってみましょう。まずは、私から」

ドキドキしながら、石鹸をたらいに入れた水に浸す。手のひらで擦りつけると、ローレルの独特の香りがふわりと漂った。何回も繰り返し擦ると、ブクブクと泡立ってくる。

これだ！　これが、石鹸を使う醍醐味なのだ。

十分擦ったら、今度は石鹸を置いて手のひらの泡をきめ細かくする。手を擦って回すことを繰り返すのだ。

イリスとドリスは初めて目の当たりにする泡立つ石鹸に、目をまん丸にしていた。

触れていてもピリピリとした刺激はないし、石鹸作りは成功だろう。

ふたりの頬に、石鹸を付けてみる。

「とってもふわふわ泡！」

「とっても優しい泡！」

そのまま、洗顔を始める。ふわふわもっちもちの泡は、肌にとっても心地よい。

水できれいに洗い流したあとは、しっとりする上に、肌が吸い付くように弾力があるような気がする。

「ローレルの石鹸、すごい！」

「アリアンヌお嬢様も、きっと大喜び！」

そうだったら、嬉しい。しかしまずは、一日使って肌に異常が出ないか確認をしなくては。イリスとドリスにも、引き続き協力してもらうことにした。

◇◇◇

お昼過ぎに、メアリーさんに石鹸作りの報告をしたあと、ミシェル様に呼び出される。錬金術師の美容クリームについて、詳しい話を聞きたいらしい。

ミルクたっぷりの紅茶と軽いお菓子をティーワゴンに載せて、ミシェル様の部屋に向かった。

「ミシェル様、エリーです」

返事が聞こえたので、中に入らせてもらった。

「紅茶をお持ちしました」

「ありがとう」

ミシェル様の私室は広い壁面がすべて本棚になっている、なんとも知的な部屋だ。

そういえば、ラングロワ侯爵家の奥様も、ミシェル様は小さな頃から本の虫だったとおっしゃっていた。文官にならずに武官になったのは、どういう心境の変化があったのか。

そんなことはさておいて。紅茶と菓子をテーブルに置いたあと、本題へ移らせてもらう。

「美容クリームについてですが、どうやら国内の正規ルートで販売している物ではないようで、おそらく、下町にいる錬金術師が作っているのかもしれないと」

一応、噂話レベルであることを伝えておく。

「なるほどな、無印の錬金術師か。敵には回したくない相手だ」

「ですね」

その昔、王族の間で暗殺がはびこっていた時代、毒を作るのは錬金術師の仕事だった。今は禁じられているが、無印の錬金術師がそれを守っているとは思えない。

「知り合いに国家錬金術師がいる。今から、この美容クリームを見せに行こうと思うのだが」

「今からって、お約束をしていたのですか？」

「していないが、だいたい地下研究室にいると聞いている」

手紙を送っても、気づかないことが多いらしい。そのため、直接訪問することが、もっとも手っ取り早い面会方法なのだとか。

「この美容クリームは、一度成分を調べてもらったほうがいいだろう」

「でしたら、私が作ったローレル石鹸も問題ないか、調べていただくことは可能ですか？」

「エリーが作った石鹸、というのは？」

「こちらです」

エプロンドレスのポケットから、ローレル石鹸を取り出す。

「アリアンヌお嬢様の肌質改善を目的とした石鹸なのですが」

「どこで、石鹸の作り方を覚えた？」

鋭い質問をしてくれる。アリアンヌお嬢様にも聞かれるかもしれないので、説明は必要だろう。だからといって、正直に前世の記憶であるなどと言えるわけがない。すぐさま、正気か否か疑われてしまうだろう。

「作り方は、子どもの時に本で読んだ記憶があって」

「そうか」

以降、ミシェル様は深く突っ込まずにいてくれた。

「エリー、よかったら、一緒に来ないか？」

「え、いいのですか？」

「国家錬金術師のソール・ジルヴィーは癖のある人物であるが、それでも構わないのならば」

「はい。ぜひとも、ご一緒させていただきたいなと」

石鹸の安全性を保障してくれるのならば、これ以上にありがたいことはない。遠慮なく、会わせてもらうことにした。

そんなわけで、私は再び馬車で王都に向かうこととなる。

どこまでも続く王都の石畳を、夕焼けが朱色に照らしていた。

道行く人々は退勤したり、夕食を食べに行ったり、劇場に出かけたりとさまざまだ。

この時間が、もっとも人通りが多い。

馬車はまっすぐ王城まで進み、同じ敷地内にある国家錬金術師の塔を目指す。

国王陛下が政治を行い、王族が生活の拠点とする王城は、深い森に囲まれている。

これは、外敵を攪乱させる目的があると、歴史の先生に習ったことがあった。

「あ、塔が見えてきました。あれが、錬金術師の塔でしょうか？」

窓の外をのぞき込んで言ったら、ミシェル様が近くに寄って塔を教えてくれた。

「あれは見張り用の塔だ。その後ろにそびえ立つ、蜂蜜色の塔があるだろう？」

「んん？」

「見えないか？」

「あ、見えました」

目を凝らしたら、やっと見えるくらいの位置に錬金術師の塔はあった。もしかしなくても、ミシェル様はかなり視力がいいほうなのだろう。

……それにしても、ミシェル様との距離が近くて照れる。馬車に乗ったあと、まさかミシェル様が隣に座ってくるとは夢にも思っていなかったのだ。

なんていうか、前から思っていたけれど、ミシェル様はいつもいい匂いがする。香水系の濃くてきついものではなく、ハーバル系の清々しくてさわやかな匂いだ。

こんなに接近するのならば、コロンでも首筋に垂らしておけばよかった。石鹸作りでひと汗かいたあとなので、余計にそう思う。

ミシェル様はすぐに離れたけれど、私の心臓のバクバクはしばらく治まらなかった。動揺を悟られないよう、話題を振った。

「あの、国家錬金術師って、今、何名いらっしゃるのですか？」

「無印の錬金術師は、かなり多いと聞くが、正確な数は把握できていないらしい。国家錬金術師は百名もいない」

「はあ、国家錬金術師になるのは、大変なのですね」

「そうだな」

ミシェル様の知り合いソール・ジルヴィーは、最年少八歳で国家錬金術師となった超天才らしい。

「八歳で、ですか。ちなみに、そのお方は、今おいくつなのですか？」

「十四歳、生意気盛りだ」

「で、でしょうねえ」

ソール・ジルヴィーは商人の子どもだったが、五歳の時にミシェル様のお父様がいち早く才能に気づき、国家錬金術師にしたほうがいいと勧めたようだ。それから、三年で錬金術師の知識と技能を身につけたなんて、すごすぎるとしか言いようがない。

いったい、どんな人物なのか。

話をしている間に、錬金術師の塔にたどり着いた。

「はー！　高いですね」

蜂蜜色の煉瓦で建てられた、天を衝くような高い塔である。先端は、肉眼では見えない。

出入り口の見張りの騎士に挨拶しているところに、馬車がもう一台やってきた。王家の者だという証の、双頭の竜を模《かたど》った旗が目に飛び込んできて、ぎょっとする。

ミシェル様は頭を垂れた。私も慌てて真似をする。

馬車が停止し、誰かが降りてきた。王族直々に、国家錬金術師に会いに来たのだろうか。

「やあ、ミシェルではないか！」

溌剌《はつらつ》とした、明るい声だ。

「もしかして、ミシェルも錬金術師と連絡がつかなくて、直接やってきたのかい？」

「連絡する前に、直接やってきました」

「それが正解だよ。奴らは、相手が誰だろうと、自分がしたいことを優先する困った生き物だからね。そっちの君も、頭を上げてくれ」

ポンと肩を叩かれる。恐る恐る顔を上げると、少年と青年の間くらいの男性がにっこり微笑みながら私を見ていた。

ミルクティーに似た柔らかな髪色に、ふわふわと毛先に癖のある髪、目は猫のようにパッチリとしていて、スッと通った鼻筋に愛らしい口元と、美しいながらも愛嬌がある。年頃は、十六、十七くらいか。

「はじめまして、かな？　私は、リシャール・オルヴィエ・ブリス・ローエングリム」

「はじめまして、お会いできて光栄です。わ、わたくしは、エリー・グラスランドと申します」

なんと、声をかけてくれた上に、名乗ってくれたのは王太子殿下だった。

「君が、ミシェルの可愛い人なんだね」

「殿下！」

「いいじゃないか」

そういえば、ミシェル様がアリアンヌお嬢様の専属騎士になる前は、王太子殿下の近衛部隊所属だった。しかし、ここまで親しい関係だったとは。

それにしてもなんなのだ、『ミシェルの可愛い人』とは。頭の上に、疑問符《はてな》ばかり浮かんでしまう。

「よくわからないって顔をしているね。実は、ミシェルは伴侶を亡くした母親が心配でちょこちょこ実家に帰っていたようだ。けれど、喪が明けても戻っていたから、よほど母君が心配なんだと噂していてね。けれどある日、ミシェルが銀糸の薔薇模様の入った白いリボンを贈り物として選び、実家に行ったという話を聞いて、やっと春がきたんだな～と」

「殿下、なぜ、それを？」

「妹の御用達のお店と、君がリボンを買ったお店が一緒でね。商人から聞いたんだよ。一時期、ミシェルは誰のリボンを買ったんだ、と噂になっていた」

噂を聞いた貴族のご令嬢は、銀糸の薔薇模様のリボンを結んだ令嬢がどこにいるのか、血眼で探していたらしい。

「でも、見つからなかったって、みんな、残念そうにしていたよ。でも、まさかここにいたとは」

王太子殿下はそう言って、私の髪を結んでいたリボンに触れた。そして、耳元で囁かれる。

「ねえ、知っていた？　この薔薇、ミシェルが持っている儀礼称号、ローゼンハルト家の家紋なんだよ」

儀礼称号というのは、爵位を持たない貴族が儀礼的に名乗ることが許される栄誉称号だ。ミシェル様が儀礼称号を持っていることは知っていたけれど、名前や家紋までは知らなかった。私が日常的に使っているこのリボンに、そんな意味があったなんて。だから皆、血眼になってまで贈った相手を探していたのだろう。

「殿下、お急ぎではなかったのですか？」

「ああ、そうだったね。お先に失礼するよ」

会釈をして、王太子殿下を見送る。

「あ、僕のアリアンヌに、よろしく伝えておいて」

「御意に」

王太子殿下は颯爽と去って行った。しばらく間を置いて、私たちも入る。その前に、ミシェル様に質問された。

「王太子殿下はエリーに何を囁いていた？」

「あ、えっと、それは、ひ、秘密です」

追及されるかと思いきや、ミシェル様は「そうか」と言って塔の中へと入って行った。私はドキドキを引きずりながら、あとに続く。

塔の内部は薄暗くて、ひんやりしている。上を見上げたら、螺旋階段が壁に沿うように作られてあった。

ここが、錬金術師が日夜仕事を行う工房となる。現在、八名の錬金術師が働いているようだ。

国家錬金術師の平均年齢は、四十五歳。ソール・ジルヴィーが入って、ちょっぴり下がったらしい。残りの七名の錬金術師はかなりお年を召しているようだ。

ミシェル様は出入り口の棚から魔石灯を手に取り、持ち手に彫られている呪文を指先で擦った。すると、灯りが点く。

「エリー、行こう」

「はい」

ソール・ジルヴィーの研究所は地下一階にあるという。地下へつながる螺旋階段を、ゆっくり下りていった。

階段は魔法仕掛けのようで、足で踏むとほんのり光る。

「すごくきれい」

「エリー、よそ見をしていたら転ぶ」

「はい、そうですね」

カツン、カツンという足音が、塔の中に響き渡っている。それ以外に、すんすんとすすり泣くような声が聞こえ、背筋がゾッとした。

「え、な、なんですか、この声は？」

「きっと、ソールの弟子だろう」

「お弟子さん、ですか？」

「そうだ」

聞こえる声は野太い。とても、すすり泣きするような年頃ではないような気がするけれど……。

そんなことを考えながら、螺旋階段を下りて行った。

地下部屋には重厚な二枚扉があり、その前で白衣を纏ったふたりの中年男性が涙していた。

「お、お師匠様ー、お願いです、論文を読んでくださいー！」

「わ、わたくしめは、課題の魔法霊薬の確認をー！」

私たちの到着に気づいた中年男性ふたりが、縋るような視線を向けてきた。

「貴殿らは、ソールの弟子か？」

「はい、そうです」

「間違いありません」

錬金術師は師匠のもとで錬金術を習う。数少ない錬金術師ひとりにつき、大勢の弟子を抱えているようだ。

「もう、二日も籠城《ろうじょう》されていて……」

「いくら声をかけても、開かないのです」

「生きているのか？」

「はい」

「たまに、うるさいと扉を蹴ってきます」

とんだ暴君だ。なんでも、ソール・ジルヴィーは偏屈な上に変り者と言われている。夢中になることがあれば、平気で一ヶ月も部屋から出てこないことがあるようだ。

「こういう時は、やり方がある」

何か、特別な交渉方法でもあるのか。ミシェル様の手腕を拝見させていただく。

「扉から離れておけ」

弟子ふたりが後退すると、ミシェル様はすーっと息を吸い込んだ。もしかして、大きな声で呼ぶのだろうか。

そんなふうに考えていたが、見事に外れる。

ミシェル様はその場でトン、トンと飛んで一歩踏み出したあと体を回転させ、下半身を捻りながら渾身の蹴りを扉へと打ち込んだ。扉が大きく音をたて、開かれる。

なんというか、びっくりした。涼しい顔をして、まさか蹴りを扉に入れるなんて思いもしなかった。

弟子二名は仲良く手と手を取り合って「わ～！」と声をあげて喜んでいた。

「うわっ、何事⁉」

想定外の事態に、中の住人が声をあげる。長椅子で仮眠を取っていたようで、飛び起きていた。

「誰？」

「私だ」

「ミシェルじゃないか！」

寝ぼけまなこでこちらを見るのは、琥珀色の髪に金の瞳を持つ眼鏡をかけた美少年。寝起きだからか、機嫌が悪そうに見える。

服の上から国家錬金術師の竜の刺繍が入った深紅のローブを纏っていて、恰好だけは錬金術師らしい。

それにしても、錬金術師の部屋なんて初めて見た。意外と本は少なく、広いテーブルにビーカーやフラスコなどが隙間なく並べられている。地下なので、換気はできないのだろう。不思議な薬品の匂いも漂っていた。丸められた書類や割れた瓶などが床に散らばっていて、正直に言ったら汚れた部屋だ。

「ミシェル、扉を壊してまで、何をしにきたの？」

「少々調べてほしいことがあって、今、構わないか？」

「突然来ても困るんだけれど、まあ、いいよ」

長椅子はひとつしかなく、ほかに座る場所もない。仕方がないので、立ったまま説明するようだ。

「彼女はエリー・グラスランド。アリアンヌお嬢様の新しい侍女だ」

「ふーん」

「それで本題に入るが、この美容クリームの成分を調べてほしい。アリアンヌお嬢様が使い始めたところ、肌質が悪化したようで」

「それは？」

「下町の錬金術師が販売しているものらしい。おそらく、無印の錬金術師だろう」

「下町の錬金術師だって⁉」

眼鏡美少年こと、ソールさんは立ち上がり、ミシェル様の手の中にあった美容クリームを奪い取る。

「これは、シュカシューカのジジイ印の美容クリームじゃないか！　なんでそれが、下町なんかで買えるんだ！」

「どういうことなんだ？」

シュカシューカ卿は、国家錬金術師の中でも三本の指に入る実力者らしい。そのシュカシューカ卿が作った美容クリームと、そっくりなのだという。

「シュカシューカのジジイは、貴族の女相手に、美容クリームを作って小銭稼ぎをしているんだ」

「猫印の美容クリームは、シュカシューカ卿の作った商品の印であると？」

「そうだ」

今、社交界で評判になっており、予約しても一年待ちになるほどの大人気商品らしい。

「っていうことは、これは本物を模造した、粗悪品、というわけですか？」

「おそらくな」

すぐに、成分を調べてくれるらしい。何をするのかと思えば、美容クリームを指先で掬い取ってそのまま口に含んだ。

「え⁉」

私が驚きの声を上げるのと同時に、ソールさんはハンカチに美容クリームを吐き出す。

「ぺっぺ……なんだこれ！　作ったヤツは馬鹿なのか？」

「何が、入っていた？」

「小麦粉に蜜蝋、それから防虫剤が入っている。こんなのを長い間塗っていたら、肌どころか、毒が蓄積して死ぬぞ！」

私とミシェル様は、言葉を失う。美容クリームには、有毒物質が入っていたのだ。

「こんなものを塗って、体調は悪くなっていないの？」

「悪くなっていました」

「やっぱり」

アリアンヌお嬢様は、頭痛や腹痛を訴えていたとメアリーさんが言っていた。この美容クリームが原因だったなんて。

レティーシア様は、わかっていてアリアンヌお嬢様に美容クリームを贈ったのか。

それとも、知らずに贈ったのか。

どちらにせよ、アリアンヌお嬢様が危険な状態であることに変わりはない。

「お、お薬を、アリアンヌお嬢様に」

「ソール、薬は用意できるか？」

「もちろん。一時間くらい待って」

「頼む」

ソールさんはガチャガチャとテーブルの上を漁りながら、必要な道具を確保している。

「あの、何かお手伝いできることは？」

そう問いかけたら、ソールさんは私のほうを一瞥《いちべつ》もせずに言った。

「邪魔になるから、その場から動かないで。あと、集中力が切れるから、しゃべりかけてこないで。ミシェルも」

鋭い物言いで、ぴしゃりと注意される。

ミシェル様の言っていた通り、生意気盛りのようだ。言われた通り、しゃべらずに棒立ちで待機していた。

錬金術師というのは、薬剤師みたいな人だと思っていた。けれど、実際は違った。魔法を使って材料を炙ったり固めたりしている。私の石鹸作りに似ているが、手際は驚くほどいい。呪文を唱えずに、手を翳《かざ》しただけで魔法を発動させている。

これが、錬金術界の神童の本気というものなのか。彼より年上の弟子たちは胸の前で手を組み、うっとりとした表情で見つめていた。

一時間後――薬は完成したようだ。

「この薬を飲み続けていれば、防虫剤の毒は抜けるから」

「感謝する」

「ありがとうございます」

これで、アリアンヌお嬢様の体調不良は改善されるだろう。それから、肌質だって元通りになるはずだ。

「エリー、石鹸を」

「あ、そうでした」

「石鹸？」

ソールさんは、訝しげな表情で私を見る。エプロンのポケットの中から、ローレル石鹸を取り出してそのまま差し出した。

「この石鹸に害がないか、調べてほしいんですけれど」

「まあ、いいけれど」

手渡した瞬間、ソールさんは石鹸をぺろりと舐めた。

「あの、舐めないと調べられないのですか?」

「まあ、そうだね。ほかの人は、絶対真似しないほうがいいけれど」

「真似できないかと」

ソールさんは幼少期から、なんでも口にする困った子だったらしい。一度、毒草を食べて死にかけたのに、さらに同じ毒草を食べたことがあったらしく、ソールさんの両親がミシェル様の父親に話したら「錬金術師の才能があるかもしれない」と言われたようだ。

失敗しても同じことに挑む根気強さと、物怖じしない精神は、錬金術師の才能につながると判断されたのだろうか?

「毒草食べるのは、錬金術師にとっては基本だよね」

「はあ、さようで」

錬金術師とはいったい……。その答えには、この場にいる誰も答えることはできないだろう。

「それで、結果どうだったのですか?」

「ああ、これね。問題なし」

鑑定の結果、私が作った石鹸は問題ないようだ。舐めて判断するという、かなり荒い鑑定法だけれど。

「よかった……」

「珍しい石鹸だから、気になったの？」

この石鹸は私の手作りである。そう返そうと思ったら、ソールさんは何かを思い出したのか「そうだ！」と言い、背後にあった棚を探り始めた。

「これ、特別に貸してあげる」

差し出されたのは、五百円玉くらいの水晶玉。

「何に使うんですか？」

「鑑定水晶。体に悪影響があるものに触れると、紫色に光るんだ。市場の中には粗悪品があふれているからね。個人個人で調べられるように開発したんだけれど、企画会議に通らなくて」

「な、なるほど」

これがあれば、私の手作りバス用品や化粧品が体に害がないか調べることができる。

「貸す代わりに、用途と結果をレポートにまとめておいてほしい」

「商品化は、諦めていないと」

「当たり前じゃん」

ためしに、美容クリームを垂らしてみると紫色に光った。

「それで、こっちの石鹸は平気」

「本当ですね」

「それにしても、これ、おもしろいね。石鹸に、肌に良い成分が入っているのか」

「ええ。ローレル石鹸です」

「ふーん、初めて聞いたな。どこの工房で買った品なんだ？」

その質問から私を遮るように、ミシェル様が前に立ちはだかる。そして、ソールさんの手にあったローレル石鹸も取って、私のエプロンのポケットに入れた。

ミシェル様は私の肩を掴み、部屋から出ようとする。

「おい、ミシェル！　礼も言わずに帰るなんて、ひどいじゃないか！」

「深く感謝する」

「あの、ありがとうございました！」

報酬の入った革袋はテーブルに置かれた。以降、ソールさんは文句を言わなくなる。

足早に一階まで階段を上がり、塔から出る。外にいた御者に馬車を用意させるよう命じていた。

馬車がやってきて、無言で乗り込む。

ミシェル様は腕を組んで黙ったままだ。行き同様、私の隣に座った点は変わりないけれど。

このままでは落ち着かない。勇気を出して、質問してみた。

「あの、ミシェル様。私、何か粗相《そそう》をしましたか？」

「していない」

「ではなぜ、逃げるように帰ったのですか？」

「あることを、思い出したのだ」

「あること、ですか？」

「ああ」

それは何なのか。ミシェル様の言葉を待つ。

じっと、ミシェル様の整った横顔を見ていたが、いつになっても話し始めそうにない。待ちきれずに、急かしてしまった。

「ミシェル様、あることとは何でしょう？」

「石鹸を作る技術を有しているのは、国家錬金術師だけだ。石鹸だけではない。化粧品や煙草なども、国家錬金術師の指導のもとで生産されている」

「そう、なのですね」

ということは、私は錬金術師にしかできないはずの石鹸作りをしてしまったということになる。

「なぜ、エリーの実家に、石鹸の作り方が書かれた本が置いてあった？　グラスランド家は、錬金術師の家系ではないはずだ」

「そ、それは……」

「何か、隠していることがあるならば、正直に告げてほしい」

すぐに言えるものではないから隠し事なのだ。はい、わかりましたと、告白できるわけがない。

私の前世が日本人であることは、思い出したばかり。おかしな人だと思われるので、言わないつもりだった。

「エリー、頼む」

ミシェル様に嘘をつき続けるのはつらい。だから、本当のことを言うことにした。

「あの、私が石鹸の作り方を知っている理由は――その、突拍子もない話なのですが……」

ミシェル様の青い目が、細められる。早く言わなければならないと思いつつも、なかなか言葉がでない。

「エリー。私は、エリーを責めるつもりで問いただしているのではない。何かあった時に、エリーを守れるように、知っておきたいのだ」

「はい」

ミシェル様は私の手を握って、真剣な眼差しを向けながら「話をしてほしい」と言った。

ここまでミシェル様は私を思ってくれているのだ。前世の記憶があるだなんてありえないけれど、勇気を振り絞って告白する。

「私には、その、前世の記憶があるからなのです」

「前世は、錬金術師だった、ということなのか？」

「いいえ。前世の私はこの世界ではなく、地球という魔法が存在しない場所で育ちました。そこでは、石鹸を個人で作ることはそこまで珍しいことではなく、作り方も調べようと思えば調べられるものでした」

ミシェル様は驚いた表情を見せる。それも無理はないだろう。私だって、知り合いに前世はこの世界の者ではないと告白されたら、心から困惑するだろう。

「そうか、そうだったのか……」

その言葉は腑に落ちたというか、納得したというか、そういうニュアンスが含まれているように聞こえた。

「あの、信じてくださるのですか？」

「エリーはほかの娘とは雰囲気が違ったから」

「もしかして、庶民臭かった、ということでしょうか？」

「いいや、違う。常に、静謐《せいひつ》な気を纏っているような気がしたのだ。だから、神が遣わした妖精か精霊ではないのかと」

ミシェル様の言葉を聞いて、ぶはっと噴き出してしまった。

「妖精か精霊って、ありえないですよ！　どうして、そんなふうに思ったのですか？」

「父を亡くした母に寄り添う様子が、普通ではなかった。母のことを心配していたのだが、エリーが来てからは、大丈夫だと思うようになったのだ。何がどう、普通ではなかったのかは、説明できないが」

それは、私が誰かを亡くした気持ちがわかっていたからだろう。残念なことに、誰を亡くして悲しかったのかは思い出せないけれど。大切な誰かを亡くして、胸にぽっかりと穴が開いた時の気持ちは、よくわかる。そういう時、どうしてほしいかも。

「妖精か精霊ではないか、という評価は見当違いですよ」

「なぜ？」

いや、なぜと聞かれましても。いたって真面目な表情を崩さないので、冗談で言っているのではないのだろう。

ひと通り笑ったあと、ふと思い出す。そういえば、前世でも上司や部下から「菩薩《ぼさつ》のようだ」と言われたことがあった。私のどこに菩薩要素が、と疑問しかないが。

たぶん、いきなり休んだ人の代わりに出勤したり、重たい商品を進んで運んだり、残業も進んでしたりしていたからだろう。筋金入りのバス用品と化粧品大好き人間だったので、仕事がまったく苦ではなかったのだ。

脳内ではああじゃない、こうじゃないと考えているけれど、発言するのはほんの一部だけ。だから、自覚している自分のイメージと、周囲の自分に対するイメージが遠く離れているのかもしれない。

「えーっと、とにかく、信じてくださる、ということでいいのですね？」

「ああ、信じよう」

その上で、整理しなければならないことがある。

「私、アリアンヌお嬢様に石鹸作れますと言っちゃいました。イリスとドリスには、作り方を教えてしまいましたし、メアリーさんにも報告しちゃっています」

「その点は、口止めしておけばいいだろう」

「よかったです。……あの、この先、石鹸は作らないほうがいいですか？」

「個人的な石鹸作りは問題ない」

「そうなんですか？」

「ああ。その昔、錬金術師は今のように国家資格を取得するものではなかったのだ。錬金術師が各々持つ技術は、親から子へと引き継がれ、代々守られていた」

そんな錬金術師の立場が変わったのは、粗悪品を売りつける無印の錬金術師が数多く蔓延《はびこ》ったからだろう。

「国では把握しきれないからと、錬金術師が絡む仕事に国家資格が生まれたのだ」

ただ、その政策も完璧ではなかったようだ。地図に載っていない小さな村などでは、今も親から子へと錬金術が受け継がれている。

「石鹸で商売をしないのであれば、国は目をつぶってくれる」

「だったら、この石鹸は、問題ないのですね？」

「ああ。ただ絶対に、アリアンヌお嬢様や双子、乳母以外には言わないほうがいいだろう」

「ですね。では、前世の記憶があるというのは、私たちだけの秘密で」

「そうだな」

「誰にも言ったらダメですよ」

「約束しよう」

なんとなく、見つめ合ってしまう。ミシェル様の美貌《びぼう》に耐えられず、私が先に顔を逸らしてしまったけれど。

「それはそうと、その指はなんだ？」

指摘されて、気づく。私は無意識のうちに、指切りげんまんをしようと小指を差し出していたのだ。約束という言葉を聞いて、つい条件反射で出てしまったのかもしれない。

かつての私は、姉の持つ私物をなんでも羨ましがり、使いたがった。けれど、無償《タダ》では使わせてくれない。そのため、姉の髪を乾かしたり、お買い物に行ったりと下僕と化していた。

狡猾《こうかつ》な姉たちは時に「そんなこと言ったっけ？」なんてしらばっくれる時もある。だから毎回、姉と契約を交わす際に、指切りげんまんは必ず行われていたのだ。

「これは、その、前世の癖で、約束の呪文です」

「詳しく教えてくれ」

聞いてどうする。そんなツッコミを呑み込んだ。隠す理由は何もないので、渋々と説明する。

「小指と小指を引っかけて、指切りげんまん、嘘ついたら針千本飲ますと言い、約束事を守るようにと念押しするものです。魔法ではなく、口約束なのですが」

「千本も、針を飲ませるのか？　恐ろしい呪文だな」

「いえ、実際にすることはありませんが、絶対に破らないようにするための、保険のようなものかと」

「なるほど、了解した。このように、小指を引っかけるのか？」

「うっ……そ、そうですね」

これは、大人の男女がするものではない。いや、元々は遊女が約束の証として小指を切るとかいう、怖い謂《いわ》れを聞いたことがあるような気もするけれど。

とにかく、現代の日本人の感覚では、指切りげんまんは小さな子どもがするものなのだ。

私が硬直したままなので、ミシェル様が無表情で指切りげんまんの呪文を口にする。

「指切りげんまん、嘘ついたら針千本飲ます」

「……はい」

「あとは、どうする？」

「指切った、と言って、小指を離すのです」

ミシェル様はどうしてか、少々残念そうに「指切った」と言って、小指を外してくれた。

しょんぼりするミシェル様。もしかして、指切りげんまんが気に入ったのか。

一応、口外しないよう、口止めしておく。

「あの、ミシェル様、指切りげんまんは、特別な約束事の時に、親しい関係同士でしかしないものなので、ほかの人には、その、教えないように、お願いします」

「わかった」

なんだ、これは。ただの指切りげんまんなのに、死ぬほど恥ずかしい。いい大人なのに、ミシェル様とふたりで何をしているのか。ぎゅっと唇を噛んで、羞恥に耐える。

静かな中だと余計に恥ずかしくなるので、話題を振った。

「あの、ミシェル様、王太子殿下は、その、僕のアリアンヌとおっしゃっていましたが……」

「殿下はおそらく、アリアンヌお嬢様と結婚するつもりでいるのだろう」

「ならば、アリアンヌお嬢様は、何も心配しなくてもいいのですか？」

ミシェル様は、目を伏せて首を左右に振る。

「結婚相手については、王太子殿下といえど、思い通りにいくわけではない」

半年に一度、王太子妃に相応しいか審査を受けて、認められた者が王太子妃となる。

「最終的な判断を下すのは、国王陛下だ」

「そう、ですか」

「殿下がそのようにおっしゃっていたことは、アリアンヌお嬢様に言わないほうがいい」

「そう、ですね。期待して、結婚が叶わなかった場合の衝撃が大きいでしょうから……」

レティーシア様は、多大な寄付金を国にしたという。そういう意味では、アリアンヌお嬢様よりも一歩前に出ているのかもしれない。

明るく快活な王太子殿下と、心優しいアリアンヌお嬢様はお似合いに見えた。けれど、ふたりの間には、さまざまな障害がある。

ミシェル様は凜と前を向き、迷わぬ口調で言った。

「王太子妃に相応しいのは、アリアンヌお嬢様しかいらっしゃらない」

ミシェル様の一言に、私は深く頷いた。

帰宅後、メアリーさんとイリスとドリス姉妹を休憩所に呼び、石鹸についての説明をミシェル様が直々にしてくれた。

「エリーが作るこの石鹸は、特別な一子相伝の技術で作られた物で、通常は国家錬金術師しか知らない。個人的に使うものであれば問題はないが、よく思わない者たちもいる。そのため、彼女の石鹸作りについては、決して口外しないように」

少々厳しめな口調だったからか、皆、真剣に聞き、誰にも言わないと約束をしてくれた。

「特に、公爵家の奥方デルフィネ様は、反魔法派だ。錬金術についても、よくは思わないだろう」

「申し訳ありませんが、ご協力のほど、よろしくお願いいたします」

頭を下げていたら、隣にいたミシェル様まで頭を下げていたのでぎょっとする。それ以上にぎょっとしていたのは、メアリーさんやイリス、ドリスだけれど。

それから、美容クリームについても話す。防虫剤が入っていたと聞き、皆衝撃を受けていた。イリスとドリスは、絶対にわざと贈ったのだと言っていたが、何も証拠はない。とにかく、大事なことは薬を毎日飲んで毒を体から抜くことだ。

「この件に関しては、アリアンヌお嬢様には伏せておくつもりだ」

その考えに、メアリーさんも同意する。

「そのほうがいいかもしれないですねえ。アリアンヌお嬢様は、繊細ですから」

ソールさんが調合してくれた薬は、体の調子を整えるものだとメアリーさんが説明してくれるらしい。とりあえず、嘘ではない。

「あ、そういえば、みなさん、その後の肌はいかがでしたか?」

メアリーさんが笑顔で石鹸の感想を話してくれた。

「肌がしっとりして、乾燥しないんです。すごいですねえ!」

イリスとドリスは、肌がモチモチになったという。異常はないようで、ホッとした。

「では、こちらはアリアンヌお嬢様が使っても問題ないですね」

「ええ。ぜひとも、おすすめしてくださいな」

さっそく、アリアンヌお嬢様にローレル石鹸を持って行くことにした。銀盆の上に置くと、高級品のように見えなくもない。すぐに使えるよう、メアリーさんがぬるま湯の入ったたらいとタオルを用意してくれた。

「アリアンヌお嬢様、失礼いたします」

喪服で全身を覆ったアリアンヌお嬢様は、窓際で刺繍をしていたようだ。美しい鷲の横顔が刺されている。

「素晴らしい刺繍です」

「そう？ まだ先だけれど、お父様の誕生日に贈るために作っているの。喜ぶかしら？」

「それはもう！」

職人顔負けの、刺繍の腕前だ。私はまったく刺繍の才能がなかったので、羨ましくなってしまう。そんな素直な気持ちを伝えると、アリアンヌお嬢様は顔を覆うベールの下で微笑みながら言った。

「何も、羨ましく思う必要はないわ。あなたには、あなたにしかできないことがあるのよ。みんな同じことが得意だったら、つまらないじゃない」

そうだ、その通りなのだ。地球の偉大な詩人も、そんなことを詩にしていたような気がする。

アリアンヌお嬢様は、なんて気高く、凛とした美しい心の持ち主なのか。

まだ出会って数日しか経っていないのに、私はアリアンヌお嬢様のことを、深く敬愛するようになっていた。

「それで、何か用事？」

「あ、そうでした。石鹸を作りましたので、アリアンヌお嬢様に使っていただきたいな、と」

「まあ、本当に？」

「はい。こちらが、ローレルを使った石鹸となります」

ローレルが肌に与える効能を説明していると、アリアンヌお嬢様の瞳がキラキラと輝く。

「では、今から石鹸を泡立ててみますね」

「石鹸を、泡立てる？」

「はい。実際に見たほうが、わかりやすいかもしれません」

小さな円卓を持ってきて、その上にたらいを置いて石鹸を泡立てる。アリアンヌお嬢様は、興味津々とばかりに覗き込んでいた。

「え、嘘……！　石鹸が、こんなにホイップクリームみたいに泡立つなんて！」

この世界の石鹸はほとんど泡立たない。前世の記憶が戻っていなかった私はその事実に苛立ち、泡立つ石鹸を求めて雑貨屋巡りをしていた。

ふと、前世の記憶を思い出す。ふわふわモコモコの石鹸が流行ったのは私が中学生くらいだったような気がする。それまで、石鹸の泡立ちなんて気にしてなかった。

ただ、このモコモコの石鹸を知ってしまったら、ほかの石鹸なんて使えない。そんなことを考えながら、どんどん石鹸を泡立てていく。

両手に作った石鹸の泡を、アリアンヌお嬢様に差し出した。

「どうぞ、アリアンヌお嬢様」

「え、ええ。これは、触ってもいいの？　萎《しぼ》まない？」

「大丈夫ですよ」

「では、失礼するわね」

そう言ってアリアンヌお嬢様は黒い手袋を外し、指先でちょんと泡に触れる。

「わっ、ふわふわ！」

続いて、撫でるようにポンポンと手のひらで触れた。

「嘘みたい。なんて、滑らかなの。それに、泡の塊に、触れられるなんて、夢のよう……」

アリアンヌお嬢様は石鹸の泡を手に取って、うっとりとした表情で香りを吸い込んでいる。

「ローレルはあまりいい香りではないのですが」

を見つめている。

「わたくしは、好き」

「よかったです」

どうやら、ローレル石鹸はお気に召してもらえたようだ。

手を洗ったあと、アリアンヌお嬢様は「ほう」と息をはきながら手の甲や手のひら
を見つめている。

「石鹸で洗ったあと、肌がしっとり潤ったような気がするわ。それに、くすんでいた
肌もきれいになったような」

メアリーさんもアリアンヌお嬢様の手の甲をのぞき込み、「ええ、本当に」と言っ
て同意する。

「アリアンヌお嬢様、肌がピリピリする感じはないですか?」

「ぜんぜんないわ。大丈夫」

「よかったです」

「エリー、これ、肌全体にいい石鹸なのよね?」

「はい」

「次は顔を、洗ってみたいわ」

その希望を聞いたメアリーさんが、すぐさま動く。カーテンを閉め、魔石灯を点け

て部屋を明るくした。それから、アリアンヌお嬢様の黒いベールを外す。

ニキビがポツポツと散った肌は、痛々しい。その原因が、美容クリームの中に含まれていた防虫剤が原因だと知ったので、余計にそう思う。

けれど、このローレル石鹸を使ったら、きっとよくなるはずだ。

「まず、ぬるま湯で顔を洗います」

メアリーさんが用意したぬるま湯で、顔を洗ってもらった。

「アリアンヌお嬢様、私が、泡を付けても？」

「エリー、お願い」

「かしこまりました」

泡を掬い、ゆっくりと慎重な手つきでアリアンヌお嬢様の額に泡を付着させる。

石鹸の泡を肌に置き、円を描くようにゆっくりと洗っていく。

「泡が、気持ちいいわ」

「よかったです」

顔全体を洗い、ぬるま湯で泡を落とす。タオルできっちりと水分を拭き取った。

「アリアンヌお嬢様、いかがですか？」

「肌が、いつもより弾力があるような気がするわ。それに、洗ったあともすっきりしているのに、肌が突っ張る感じはないし。嬉しい……」

アリアンヌお嬢様の眦《まなじり》には、キラリと光る雫が浮かんでいた。

突然できたニキビは、悩みの種だったに違いない。どうにか、きれいな肌を取り戻してほしい。そのために、私は何ができるか。

「エリー、あなた、魔法使いみたいね！」

「ええ、まあ……。その、実は石鹸作りというのは、国家錬金術師の技術でして」

「あら、そうなのね」

「ええ。それで、あまり、資格がない者が、大っぴらに作っていると知られるのは、よくないようで」

「わかったわ。これは、秘密なのね！」

「はい」

「大丈夫よ。わたくし、誰にもしゃべらないから」

「ありがとうございます」

アリアンヌお嬢様が優しい人で本当に良かった。

感激しながらも、深々と頭を下げる。

「エリーはほかにも、何か作れるの？」

「はい。化粧品や、バス用品など、いろいろと」

「だったら、エリーはわたくしの〝専属美容師〟として任命するわ！」

「アリアンヌお嬢様……！」

「イヤ？」

「いいえ、光栄に思います」

アリアンヌお嬢様は、今まで見せなかった晴れ晴れとした笑みを浮かべて言った。

「ふふ。よかった。これからよろしくね、エリー」

「もちろんでございます」

こうして私は。アリアンヌお嬢様専属美容師としての一歩を踏み出したのだった。

第二章　エリー・グラスランド、美容師として活動する

私の作った石鹸と、アリアンヌお嬢様の肌質の相性が良かったからか、ニキビはみるみるうちに治っていった。今は、少しだけ赤みが残るばかりである。

防虫剤入りの美容クリームを使わずに薬を飲んでいるため、効果抜群なのかもしれない。

さらに、アリアンヌお嬢様は、日に日に明るさを取り戻している。メアリーさんはこんなに嬉しいことはないと、涙を流して喜んでいた。

今日も、朝からメアリーさんと共に、アリアンヌお嬢様を起こしに行く。

「アリアンヌお嬢様、おはようございます」

「おはよう」

最近、アリアンヌお嬢様は目覚めがいいようで、私たちが起こさなくてもすでに起きていることが多い。

以前までは目覚めはよかったようだからきっと、美容クリームの毒が抜けて体調がもとに戻っている証拠だろう。昨日、お医者様にも診てもらったが、健康であると太鼓判を押してもらった。

メアリーさんと選んだドレスを、ダメもとで差し出してみた。

「アリアンヌお嬢様、本日のモーニング・ドレスは、ポピーレッドの明るい色にしてみました。いかがですか？」

「そうね。それにするわ」

……今日もダメだった。選んだドレスをそのまま籠に入れようとして、ん？と思いとどまる。

「アリアンヌお嬢様、えっと、本日のドレスは、こちらで、よろしいと？」

「そう言っているじゃない。きれいなドレスね」

アリアンヌお嬢様は、喪服ではなく、ドレスを着てくれると。

メアリーさんを振り返ったら、彼女はすでに涙を流していた。私もつられて、泣いてしまう。

「ちょっと、メアリー、なんで泣くのよ！」

「だ、だって、アリアンヌお嬢様が、ド、ドレスを、お召しに、な、なると！」

「エリーまで」

「あああ、あの、う、嬉しくって、つい！」

離れに来てから、ずっとベールで顔を覆い、喪服を纏っていた。それが今日、久しぶりにドレスを着てくれるというのだ。

「エリーさん、アリアンヌお嬢様の気分が変わらないうちに、お召しになっていただきましょう」

「そうですね」

アリアンヌお嬢様に、明るいポピーレッドのドレスを着せる。肌が白いので、ドレスの赤がよく映える。

髪型は、サイドに編み込みを入れたハーフアップの形に結った。

「エリー、私の髪の毛、荒れているでしょう?」

アリアンヌお嬢様に質問されたが、言葉に詰まってしまう。

「正直に言っていいのよ」

「えっと、はい。少々、ですね……」

「夜会に参加するたびに、銀粉を振りかけていたから、荒れてしまったの。それまで、きれいだったから」

「ぎ、銀粉、ですか?」

「ええ。銀粉を振って髪を梳くと、キラキラに輝くのよ。今、社交界で金や銀の粉を頭に振りかけることが流行っているの」

「そ、そうなのですね」

確実に、悪影響を及ぼしそうな代物だ。

銀粉と、銀粉を髪に定着させる薬剤とセットで販売されているらしい。

アリアンヌお嬢様からそのふたつを借りて、ソールさんから預かっている毒判定の鑑定水晶で問題がないか調べさせてもらう。

「エリー、それ、どうしたの？」

「国家錬金術師のソールさんからお預かりした品です。品物に毒が含まれていたら、紫色に光る仕組みとなっているそうです」

「へえ、不思議ね」

メアリーさんが持ってきた銀粉を、鑑定水晶に振りかける。アリアンヌお嬢様も興味津々の様子でのぞき込んでいた。水晶は、残念ながら紫色に光る。

「まあ！　これ、毒だったってこと？」

「ええ、みたいですね」

銀粉を髪の毛に定着させる薬剤も、紫色に光った。

「アリアンヌお嬢様の髪が傷む原因は、これだったのですねえ」

メアリーさんは信じがたい、といった口ぶりで呟く。

「ちなみに、こちらはどこの商店で購入されたのですか？」

「レティーシアからもらったものなの」

「そう、でしたか」

やはり、レティーシア様はわざとアリアンヌお嬢様に体によくない美容品を贈っているのだろうか。

だとしたら、警戒しなければならない。

「ほかに、レティーシア様からいただいた品はありますか？」

「これ以外には、なかったはず」

「そうでしたか」

もしかしたらこの銀粉と薬剤も、資格を持っていない錬金術師が広めた可能性がある。二、三回しか使っていないアリアンヌお嬢様でさえ、けっこう髪の毛にダメージを受けている。毎晩のように夜会に参加している令嬢たちは、もっとひどいことになっているだろう。

「もう、この髪は切って、新しい髪を伸ばすしかないのかしら？」

「いいえ、切る必要なないですよ。一回、ヘアパックをしてみましょう」

「ヘアパックって？」

「髪の毛に栄養を与えて、サラサラにすることです」

「そんなこと、できるの？」

「ええ、できますよ。髪と施術の相性もありますが、いくつか知っていますので、お作りしますね」

「もしも、髪の毛がきれいになるとしたら、嬉しいわ！」

美髪マニアの姉から教えてもらったもので、パックをしたあとは髪が驚くほどサラサラになった。きっと、アリアンヌお嬢様にも効果があるだろう。

「今日は、カスタード・パックを試してみましょう」

「なんだか、おいしそうな名前ね」

「私も初めて聞いた時、そう思いました。カスタード・パックは髪をしっとりとさせて、美しい艶を取り戻すことができるはずです」

「楽しみにしているわ。今日は外国語と歴史の授業があって、夕方だったら時間があるから」

「では、それまでに準備しておきますね。午前中、街にでかけてきます」

「だったら、ミシェルと行ってきなさいよ」

「いえ、ミシェル様をお借りするわけには」

「別にいいわよ。今日、ミシェルはお休みの日だし」

「でしたら、余計に悪いですよ」

「そんなことなわ。ミシェルは息抜きがへたくそで、お休みの日は実家に行くか、部屋に引きこもっているかの二択だし」

「でしたら、ご実家へ帰るかもしれませんよ？」

「エリーがここに来てから、一度も実家に帰っていないわ。つまり、実家へはエリーに会いにきていたのよ」

「それは、どうでしょう？」

ラングロワ侯爵家の大奥様もそんなことを言っていたが、ミシェル様が私に会うために来ていたなんてありえない。皆の、気のせいだろう。

「もう、じれったいわね。命令よ。今日のお買い物は、ミシェルを連れて行きなさい」

「承知いたしました」

「本人には言っておくから。今日はお仕着せのドレスではなく、外出用のドレスでも着てお出かけなさいな。そうでもしなければ、着る機会なんてないでしょう？」

「はあ、そ、そうですね」

そんなわけで、アリアンヌお嬢様の命令により、ミシェル様とお買い物に出かけることとなった。本人の知らないところで、勝手に決めていいものか。

アリアンヌお嬢様の身支度を終えたあと、私は朝食の時間となる。

使用人専用の休憩所のテーブルに食事が用意されていて、好きな料理を好きなだけ食べられるようになっている。つまり、ブッフェ形式なのだ。

卵はゆで卵、炒り卵、オムレツ、目玉焼きの四種類。ベーコンはカリカリと厚切りの二種類。本日のスープはカボチャのポタージュ。パンは細長くてハードなものと黒パン、ふわふわの丸パンに、薄切りのトーストがある。ほかに、サラダやドレッシング、ジャムに果物なども置かれている。

今日は遅い時間になってしまったので、私以外の人はいない。

「どれにしようかなー」

独り言を言いつつ、朝食を選ぶ。卵はゆで卵、ベーコンは厚切り、スープはたっぷり、パンはハードなやつ、ジャムはコケモモ、果物はリンゴを選ぶ。もちろん、サラダは山盛りで。暖炉にはヤカンがあって、お湯が沸騰している。ひとり分の紅茶を淹れて、席に着く。

「神に感謝を」

食前の祈りを済ませ、いただきます。まず、茹で卵を剥く。中はもちろん、固茹でだ。卵を半熟で食べるなんて、日本人くらいだろう。卵の衛生管理は、高い技術が必要なのだ。日本ですら、その昔は卵を原因とした食中毒が発生していたみたいだし。この日本ではない国で、半熟卵を食べようという勇気はとてもない。

卵は塩コショウをパッパと振って食べる。卵は栄養豊富だ。可能な限り、毎日食べたい。

ハードなパンはスープに浸して食べる。そのまま口にすると、怪我をする可能性があるのだ。それほど硬い。けれど、小麦の風味をもっとも感じることができるので、私は大好きだ。半分はコケモモのジャムを塗って頬張る。顎の訓練だと思って、しっかり何度も噛むのだ。

サラダは基本、一度茹でたものが出される。これも、衛生の問題からだろう。そういう話を聞くと、いかに日本の衛生管理が優れていたのか、思い知らされる。

私の体を作っているのは、この世界の食べ物だ。二十二年間生きてきたので、食に対する不満は特にない。これが突然ここの国に連れてこられた、とかだったら、白米やお味噌汁が食べたくなるのだろう。

しかし、思い返してみたら前世でも毎朝パンだったような気がする。お昼も、パンを買って食べることが多かったような。学生時代は弁当ではなく、売店で買っていたのだ。さすがに夕食はご飯を食べていたけれど、母の作るおかずは洋食がメインだった。

日本食が恋しくならないのは、前世であまり食べていなかったからなのだろう。

そんなことを考えながら、公爵家の贅沢な朝食に舌鼓を打つ。

本日のパンはおいしく焼きあがっていて、カボチャのポタージュも絶品だった。

朝食を終え、廊下を歩いていたらミシェル様と出くわす。今日は休日なので、私服姿だ。騎士隊の恰好ではなく、精緻な蔦模様が刺しゅうされた詰襟の上着に、黒のズボン、ブーツ姿である。

「エリー！」

私を見つけるなり、ミシェル様は走ってやってきた。

「ミシェル様、おはようございます」

「おはよう」

挨拶を交わしたあと、ミシェル様は突然私の両手を優しく包み込むように掴んだ。

いったいどうしたのか。口から心臓が飛び出したのかと思うほど驚いた。

「ミ、ミシェル様、どうしたのですか？」

「エリー、ありがとう。心から、感謝している」

「え、なんのお礼ですか？」

「アリアンヌお嬢様が、華やかなドレスを纏っていたから」

「ああ。それは私のおかげではなく」

「エリーのお手柄だ。本当に、ありがとう。やはり、私の見立ては間違っていなかったのだ」

手を握ったまま、ひたすら感謝される。なんていうか、アリアンヌお嬢様が喪服からドレスを着るように心変わりしたのは、私だけの手柄ではないだろう。

変わろうとする、アリアンヌお嬢様の強さがあったからだ。

「そ、それはそうと、あの、アリアンヌお嬢様から、外出について聞きました？」

「ああ、先ほど、聞いた」

「迷惑だと思いませんでした？」

「なぜ？」

なぜって……。今日は休日で、ミシェル様はずっとご実家であるラングロワ侯爵家にも帰っていないという。それなのに、私との買い物を命じられてしまったのだ。

「ご実家には、帰られないのですか？」

「特に、用事はない」

「はあ、さようで」

以前までは週に一度は帰っていたけれど、ここ最近は本当に用事がないようだ。

「気にするな」

「ありがとうございます」

ミシェル様ってば、さすが紳士だ。迷惑だと思っていても、態度や口に出さない。どこに出しても恥ずかしくない男性だろう。

「いつ、出る？」

「今から身支度をするので、一時間半後でいいですか？」

「それだけで、足りるのか？」

「ええ、大丈夫です」

「では、一時間半後に」

「よろしくお願いいたします」

ここで、やっと手を離してもらった。出会いがしらに握られてから、ずっとそのままだったのだ。

誰にも目撃されなかったので、心からホッとする。

ミシェル様と別れたあと、さっそく身支度に取りかかった。

ドレスが収められた箪笥を開く。あまりの煌びやかさに、目がくらみそうになる。

ラングロワ侯爵家の大奥様にいただいたドレスは、着る機会なんてないと思っていた。けれど、さっそく機会ができてしまった。

昼間は基本、首元が詰まったドレスを着る。なるべく地味なものをと思ったが、ドレスなのでどれも基本的には華美だ。さんざん迷った挙げ句、襟と袖にほどこされたレースが美しい深い青のデイタイム・ドレスを選んだ。スカートはストンとしているので、街中でも歩きやすいだろう。ボンネットの帽子は、ドレスと同じ色のリボンが結ばれているものにした。

髪型は邪魔にならないよう、お団子にしておく。普段とほぼ変わらないけれど、サイドの髪を編み込みにしているのでちょっとだけオシャレだ。

お化粧も、少しだけ華やかに。ここの世界の化粧品は、まだ発展途上。しっかり化粧をすると、肌がすぐに荒れてしまう。おそらく、何か肌によくない物質が含まれているのだろう。毒ではないことは確認済みだけれど。この辺も、時間がある時に見直したい。

今日はともかく、アリアンヌお嬢様のヘアパック用の材料を買いに行かなければ。

急いで身支度を整え、なんとか待ち合わせの時間に間に合った。ミシェル様はすでに、玄関で待っていた。

「すみません、お待たせしました」

「いや、今来たばかりだ」

そう言ったあと、執事がミシェル様の上着を持ってやってきた。

「ラングロワ様、そんなところで待たれては、体も冷え切ってしまったでしょう。上着を――」

執事は私が来ていることに気づき、ハッとなる。ミシェル様は呆然としている執事から外套を受け取り、着こんでいた。

どうやら、ミシェル様はわりと長い時間、ここで待っていたようだ。私が気にするといけないので、今来たばかりと言ってくれたのだろう。なんて優しい御方なのか。

ミシェル様は何事もなかったかのように、私の腰を抱きよせてから言った。

「エリー、行こう」

「あっ……はい」

馬車に乗る際、いつもは手を貸してくれるだけだったが、今日は腰も支えてくれた。

「あの、ご丁寧に、ありがとうございます」

「今日のドレスは、足元が見えにくいだろう？」

「そ、そうですね」

慣れない扱いに赤面しながら、王都を目指して出発する。

ミシェル様は、向かい合う位置に座った。隣ではなかったのでホッとしたものの、本日のミシェル様は私をじっと見つめている。別の意味で、ドキドキすることとなった。このままだと心臓が持たない。思い切って質問してみる。

「あの、私、何か、おかしいところでも？」

「なぜ？」

「ミシェル様が、み、見つめるからです」

「きれいだと、思って見ていた」

ぎゃあ〜〜〜！と、脳内で叫ぶ。この、誑《たら》し紳士め。なんてことを言ってくれるのか。聞かなければよかった。余計に、ドキドキしてしまう。

ミシェル様は誰よりも紳士なので、きっとすべての女性に「きれいだ」と言っているのだろう。そういうことにしておく。

破裂しそうな心臓を両手で押さえ、息を調える。ミシェル様を気にしていたら、大変なことになる。窓の外の景色でも楽しんでおこう。

そう思って窓の外を眺めていたが、視界の端でミシェル様が私を凝視しているのを捉えてしまう。帽子を深々と被って、なんとかミシェル様を視界の端に追いやった。

王都に到着すると、まっすぐ市場に向かった。

「薬局ではないのだな」

「ええ。ヘアパックに必要な材料のほとんどは食材です」

まず、もっとも重要なのは、卵だ。なるべく新鮮な物を購入する。

卵が髪にいいというのは、一時期日本でも話題になった。髪を作る時に必要なタンパク質が多く含まれているのだ。発毛と育毛、共に高い効果があるらしい。

続いて、生クリーム、レモンを購入する。ほかに、ローズマリーの精油とオリーブオイルとホホバオイル、スイートアーモンドオイルを使用する。荷物はもれなくミシェル様がすべて持ってくれた。

「せっかくなので、トリートメントの材料も買っておきましょう」

現在、頭のてっぺんから足先まで、すべて石鹸で洗っている。ミシェル様がトリートメントとは何ぞや、という顔で私を見ていた。

「トリートメントというのは、髪の毛に多くの効果をもたらしてくれるものなんです」

髪の毛には、キューティクルと呼ばれる髪の毛を美しく見せる膜がある。そのキューティクルは、髪を洗うとはがれやすくなってしまう。そこで、トリートメントがキューティクルを守ってくれるような働きをしてくれる。

トリートメントはほかにも、髪へ栄養分を与えてくれたり、乾燥やパサつきから守ってくれたりするのだ。

ミシェル様はトリートメントなんぞ使わずとも、つやつやとしたキューティクルがある美しい髪をお持ちだ。羨ましいにもほどがある。

特に手入れをしなくても、広い世界の中にきれいな人は存在するのだ。

ローレル石鹸を使い始めてから、髪質はいままでに比べてぐっとよくなった。けれど、寒くなるにつれて空気が乾燥し、髪の毛がパサつくようになったのだ。そろそろ、トリートメントが必要だろう。

薬局に行って、材料を買い集める。必要なのは柑橘の果汁を発酵させた柑橘酸と、海藻から作られる保湿潤滑剤。取り扱っているかどうか、聞いてみる。

「すみません。柑橘酸と精製水、それから保湿潤滑剤はありますか？」

「あるよ」

店主は注文した品々を紙袋に詰めてくれる。

「ああ、あんたは、もしかして、この前、下町の錬金術師について質問してきた人だったか」

「はい、そうです」

「あのあと、下町に行ったか？」

「いいえ」

「そうか、行かなくてよかったな。先日、国家錬金術師の協会が下町を調べに行ったところ、返り討ちに遭って、怪我人が出たらしい。問題の錬金術師は行方不明。社交界は、怪しい奴らがわんさかと集まってくるから、毎日のようにありえない事件は多発。困ったもんだ」

もしかして、私が持って行った美容クリームが発端で、調査を行うことになったのか。幸い、怪我は命にかかわるものではないみたいだけれど……。

皆が日常的に使っている物に毒が含まれているなんて、恐ろしいとしか言いようがない。

「ミシェル様、帰りましょう」

「ああ」

店主にお礼を言って、薬局をあとにする。

帰りの馬車の中で、ミシェル様がポツリと呟いた。

「レティーシア様について、探りを入れる必要がある」

「探り、というのは？」

「悪意を持ってアリアンヌお嬢様に接しているか否か」

その点については、まだなんとも言えない。

イリスとドリスは、レティーシア様についてよく思っていないみたいだった。一方で、アリアンヌお嬢様から聞くレティーシア様の印象は悪くない。姉思いの妹、といった感じだ。

「エリーはどう思う？」

「私は――わかりかねます。レティーシア様に会ったことはありませんし」

「そうか」

ガタゴトと、馬車が石畳を走る音だけが聞こえる。窓から太陽の光が差し込み、ミシェル様は眩しそうに目を細めていた。

「一度、レティーシア様と話をしに行こうと思う」

「それは、どのようなお話をしに行かれるのですか？」

「ストレートに、アリアンヌお嬢様に悪意があるのか、尋ねるわけではない。母が美容クリームを欲しているので、どこで買ったか教えてくれないかと、聞いてみようと考えている」

「なるほど。いいかもしれないですね」

もしも、こちら側が証拠もなく疑った場合、相手を怒らせてしまう可能性もある。行動と言動は慎重にならなければ。

「そこで、お願いがあるのだが、レティーシア様との面会が叶った場合、エリーも一緒に私のお付きとして同行してくれないか？」

「それはもちろん」

「感謝する」

そんなわけで、後日、私とミシェル様はレティーシア様に探りを入れに行くことを決めた。

夕方――イリスとドリスを呼び、蒸留室でカスタード・パックとトリートメント作りを行う。

「では、今からカスタード・パックとトリートメント作りを行います」

置にいる。

「今日は、危険な薬物は使わないから、大丈夫ですよ」

そう説明すると安心したのか、イリスとドリスは小走りで近づき、にっこりと微笑んでくる。

あまりの愛らしさに頭を撫でたくなったが、双子に構っている場合ではない。作業を開始しなければ。

まずは、トリートメント作りから。

「作り方はとても簡単です。湯冷まし状態にした精製水に、柑橘酸と保湿潤滑剤を加えるだけ」

保存料が入っていないので、作り置きはできない。このままだと強すぎるので、水で薄めて使うのだ。

「これに香りを付けることもできるのですよ。イリスとドリスは、どんな香りが好きですか？」

「はーい」

「了解でーす」

双子は元気よく返事をしたものの、身を寄せあって私から一メートルほど離れた位

「私は、クッキー！」

「私は、バターケーキ！」

トリートメントの香りとしては斬新すぎる。双子の無邪気な様子に、笑ってしまった。

続いて、カスタード・パック作りを行う。

「まず、卵を黄身と白身に分けます。ヘアパックに使うのは、黄身だけです」

「白身は？」

「捨てるの？」

「いいえ、白身もあとで使います。目的は違いますが」

「なんだろう？」

「わからない」

「白身はあとでのお楽しみです」

アリアンヌお嬢様の髪のダメージが大きいので、卵は二個使う。

分けた黄身とオイル、ローズマリーの精油、レモンの絞り汁を混ぜ、最後に生クリームを加えた。あとは、泡だて器でしっかり混ぜる。

「なんか、おいしそう」

「いい匂いがする」

カスタード・パックというくらいだ。見た目はかなりカスタードクリームに近い。

「よし。こんなもんですね」

イリスとドリスが手伝ってくれたおかげで、短時間でカスタード・パックが完成した。できたてを、アリアンヌお嬢様が待つ洗面所へと持って行く。

「アリアンヌお嬢様、お待たせいたしました」

「今日一日、ドキドキしていたの」

「効果があるといいのですが」

「楽しみだわ」

アリアンヌお嬢様には首元から足先までを覆う布を巻いて、ヘアパックが付かないようにする。

「では、こちらの椅子におかけになってください」

「ええ」

肩にタオルを巻き、まずは手の甲にカスタード・パック付着させて肌との相性を見る。

「刺激とか、感じませんか？」

「平気よ」

問題ないようなので、ヘアパックを開始する。

「申し訳ありません、パックが冷たく感じるかもしれません」

「よろしくってよ」

「ありがとうございます。では、始めます」

まずは頭部の地肌に付け、毛先へと伸ばしていく。

「頭皮がピリピリしたり、痒くなったりしないですか？」

「大丈夫。それにしても、いい匂いがするわ」

「材料は卵と生クリームなのです」

「ふふ、お菓子になったみたい」

初めてのヘアパックだったが、案外楽しそうにしてくれているのでホッとした。

髪全体に塗ると、今度はホットタオルを髪の毛に巻いて、カスタード・パックの成分を髪と地肌に浸透させる。

「温かい……なんだか気持ちがいいわ」

「よかったです。五分経ったら、また新しいタオルに換えます。しばらくはこのままで」

「わかったわ」

ホットタオルでパックを塗った髪を蒸している間、メアリーさんとイリスとドリスがお風呂の準備をする。パックを洗い流すための、お湯も用意していた。

五分後、タオルを換える。アリアンヌお嬢様はホットタオルで髪を温めることが気に入ったようで、リラックスした表情を見せてくれる。

さらに五分と、十分、十五分と、ホットタオルの交換を三十分ほど繰り返した。

ここからは服を脱いでもらい、入浴の手伝いとなる。先にお風呂で体を温めてもらってから、カスタード・パックを洗い流す。

「では、お湯でカスタード・パックを流しますね」

「お願い」

お湯が熱すぎると、卵が固まってしまう。そのため、流す時はぬるま湯で。

メアリーさんと協力し、丁寧に流していく。その間、イリスとドリスは温かいお湯を浴槽に入れて、お風呂の温度調節をしてくれる。追い炊き機能がないお風呂は、いろいろ大変なのだ。

きれいにカスタード・パックを洗い流したアリアンヌお嬢様の髪は、キラキラと輝いている。

「エリー、あなたすごい！　髪が、以前の輝きを取り戻しているわ！」

銀色の髪にキューティクルが戻り、それはそれは美しく輝いている。カスタード・パックは大成功だ。

まだ完全にヘアパックを流せていないので、ローレル石鹸で髪を洗う。

「メアリーさん、お願いします」

「はい！　アリアンヌお嬢様、きれいにして差し上げますからね」

「お願いね」

メアリーさんがアリアンヌお嬢様の髪の毛を洗っている間、私はトリートメントの原液を精製水で薄める。

「エリー、それがトリートメント？」

「はい。こちらも、髪に合えばいいのですが」

「それも、楽しみだわ」

「相性がよろしければ、次回より香り付きにできます」

「まあ、そうなのね」

「アリアンヌお嬢様は、どんな香りが好きですか？」

「薔薇かしら」

「いいですね」

　ここで、イリスとドリスがやってきたので、先ほどの話を思い出してしまう。

「エリー、何を思い出し笑いしているの？」

「あの、先ほど、イリスとドリスに好きな匂いを聞いたら、クッキーとバターケーキと答えて」

「ふふ、おかしい。でも、わたくしもクッキーとバターケーキの匂いは大好き」

アリアンヌお嬢様から同意を得たので、イリスとドリスは誇らしげな様子を見せていた。

髪を洗い終えたので、トリートメントを始める。

トリートメントは頭皮に付けず、髪の毛だけに。しばらく浸透させてから、お湯でゆすいだ。

「エリー、髪が、ツルツルになったわ！」

「よかったです」

「ありがとう。とっても、嬉しい」

「私も、喜んでいただけて嬉しいです」

あとは、お風呂にゆっくり浸かって体を温めてもらう。

髪の毛の乾燥とブラッシングは、メアリーさんのお仕事だ。

私はイリスとドリスを連れて、蒸留室に戻った。

「今から何をするの？」

「また、トリートメントを作るの？」

「卵の白身で、お菓子を作るのですよ」

お菓子と言った途端に、双子の目はキラキラと輝きだす。

「白身のお菓子？」

「なんだろう？」

「簡単に作れるので、教えますね」

白身から作るお菓子といえば――ラングドシャだ。不思議な響きだが、フランス語で猫の舌という意味らしい。形が猫の舌に似ていたので、そんなふうに呼ばれるようになったとか。

材料は卵白と砂糖、小麦粉、バター、油。

「まずは、卵白と砂糖を混ぜ合わせます」

作業はイリスとドリスに任せる。イリスが卵白を混ぜ、ドリスが砂糖を少しずつ加える。

「白っぽくなったら、溶かしたバターを加えます」

途中で、混ぜる役と材料を入れる役を交代していた。

「最後に、篩《ふるい》にかけた小麦粉を入れて、さっくりと混ぜ合わせます」

生地を絞り袋に入れ、油を引いた鉄板に絞り落とす。これを十分ほど焼いたら、ラングドシャの完成である。

周囲はほんのりキツネ色で、真ん中は白い。おいしそうに焼けた。

焼きあがったラングドシャを、三人で食べることにした。

「すごくサクサク！」

「おいしい！」

ふたりとも、ラングドシャは初めて食べたようだ。気に入ってくれて嬉しい。

「これ、メアリーさんにもあげたい！」

「ミシェル様にも！」

メアリーさんはともかくとして、ミシェル様は食べるのだろうか？

そういえば、お菓子を食べているところを、見たことがない。果たして、お口に合うものか。疑問に思ったが、ふたりが嬉しそうにお皿を準備しているので、何も言わないでおいた。

◇◇◇

夜、アリアンヌお嬢様に呼び出される。すでにいたメアリーさんとミシェル様は感極まった表情でいた。いったい、どうしたというのか。

「エリー、見て！」

アリアンヌお嬢様は、その場でくるりと一回転した。艶を取り戻した銀色の髪は、まばゆいほどに輝いている。

「髪の毛、きれいになったでしょう？」

「ええ！　お美しい御髪《おぐし》です」

「エリーのおかげよ！」

にこにこ微笑んでいるアリアンヌお嬢様を見ていると、涙ぐんでしまう。

「ええ、エリーまで泣くの？　さっきは、メアリーにも泣かれたのに」

「す、すみません。嬉しくて……」

出会ったばかりの頃は、喪服姿で暗く落ち込んでいた。そんなアリアンヌお嬢様が、ここまで明るく元気になったのだ。

「今度の王太子妃候補の審査は、ハーフアップにして行こうかしら。きれいな髪を、リシャール殿下に見ていただきたいわ。この前は髪が傷んでいたから、下ろせなかったの」

「ええ、ええ。アリアンヌお嬢様、このメアリーが、愛らしい髪型を作ってみせますので」

「ありがとう。まあ、そんなことをしても、リシャール殿下はわたくしには興味がないだろうけれど」

そう呟いて、アリアンヌお嬢様は表情を暗くする。

新しい王太子妃候補を作る最終的な判断を下したのは、王太子殿下だという話もあるらしい。

王太子殿下の気持ちは分からないが、決してアリアンヌお嬢様に興味がないからということが理由ではないだろう。

それに、王太子殿下はアリアンヌお嬢様のことを「私の可愛いアリアンヌ」と言っていた。何も想っていない相手を、そんなふうに呼んだりしないだろう。

しかし、これらをアリアンヌお嬢様に伝えることはできない。今は、苦しいことを耐える時期なのだろう。

「あ、ごめんなさい。暗い話をしてしまって」

なんとお言葉を返していいのか、わからない。メアリーさんとミシェル様も同じようなことを考えているのだろう。

ちょっぴり気まずい空気だったけれど、アリアンヌお嬢様がパン！と手を叩いて提案する。

「そうだわ。明日、庭に薔薇を見に行きましょう。お父様がわたくしのために作ってくれた『アリアンヌ』という品種の薔薇があるのよ」

「アリアンヌお嬢様と同じ名前の薔薇ですか」

「ええ、そう。わたくしの、大のお気に入り！」

庭師がついに咲いたと、知らせに来てくれたようだ。

「メアリーと、ミシェルと、エリー、それから、イリスにドリスも連れて行きましょう。本邸の庭だから、少し距離があるけれど」

「楽しみにしています」

「驚かないでね！　とってもきれいでいい香りがするから」

「はい」

アリアンヌお嬢様に、気を遣わせてしまったのか。空元気に見えなくもないけれど、以前まではそんなことをしてくれる余裕すらなかった。

私たちも、なるべく明るくふるまうようにしなければ。

夕食後、ミシェル様に呼び出される。なんと、レティーシア様から面会の返事が届いたらしい。

「今から会いたいと。エリーは大丈夫か？」

「ええ、大丈夫です」

離れと本邸は歩いて十五分、といったところか。

「なるべく厚い外套を用意しておいたほうがいい。夜は冷える」

「そうですね」

「すまない、こんな時間に付き合わせてしまい」

「いえいえ」

「何かあった時は、責任を取るから」

何かとは何だ。それに責任とは？　聞き返したら怖いことを言いそうなので、半笑いで「大丈夫ですよー」と流しておく。

分厚いダッフルコートにしようと思ったが、メアリーがそれでは寒いと毛皮のコートを貸してくれた。モッコモコで、野ウサギにでもなった気分だ。

レティーシア様との面会は非公式なものなので、裏口からこっそり出て行く。

「なんだか、今からミシェル様と駆け落ちするみたいですね」

「アリアンヌお嬢様が結婚するまでは、駆け落ちできない」

心の中で、「アリアンヌお嬢様が結婚していたら駆け落ちOKなんか～い」と突っ込んでおく。たまに、ミシェル様の発言は本気か冗談かわからない時がある。今回に限っては冗談だろうけれど。毎回、無表情なので判別がつきにくいのだ。

暗い道を、魔石灯の灯りだけで進んでいく。

「うわっ！」

「エリー、どうした？」

「すみません、段差があったようで」

「気を付けろ」

「はい」

ミシェル様は私に手を差し出す。

ちょうど、ポケットの中に飴玉を入れていたので、手のひらにちょこんと置いた。

「なんだ、これは？」

「飴です。小腹が空いた時に食べようと思って、持ち歩いていたんです」

魔石灯の灯りに照らされたミシェル様の表情は、ポカンとしていた。遠慮なく食べてくださいと勧めたら、ミシェル様のめったに変わらない表情が変化する。なんと、肩を震わせて笑い始めたのだ。

「ミシェル様、何か、おもしろいことがありましたか？」

「エリーが、愉快だからだ。飴を欲していたのではない。危ないから手を握るようにと、差し出したのだ」

「ああ……普通、そうですよね。私、ボケていました」

なんでこんなことをしてしまったのか。ふいに、前世の記憶が甦る。

前世で、私にしょっちゅう飴を寄越せと手を差しだす輩がいたのだ。それが誰だか思い出せないけれど。私はその人物のために、飴を持ち歩いていたのかもしれない。

「すみません、私自身、ちょっと小腹が空いていたからかもしれません」

そんな苦しい言い訳をしていたら、想定外の事態となる。ミシェル様は飴の包み紙を開封し、私の口の中へ押し込んでくれた。

「うむっ！」

ミシェル様の指先が私の唇に触れたので、胸が大きく鼓動する。

なんだ、この人は。いつも、不意打ちで私をドキドキさせてくれる。それだけでは終わらず、ミシェル様は私の手を握って歩き始める。

もう許してくれと思ったが、この暗い中できちんと歩ける自信もなかった。ミシェル様の手を借りて、なんとか公爵家の本邸にたどり着く。

裏口に、誰かが待っていた。黒衣に剣を佩《は》いた姿である。夜闇《やあん》に紛れていたので、人がいると気づいた瞬間、びっくりしてしまった。

短く刈った茶色の髪に相手を値踏みするような細い目で、口元は歪んでいる。年の頃は二十歳前後か。猫背で、下からミシェル様をジロリと睨んでいた。

「ミシェル・ローゼンハルト・ルメートル。入れ」

裏口は開かれ、ミシェル様は中へと入る。私も続こうと思っていたら、制止された。

「お前のことは聞いていない。入館許可を得てからにしろ」

そんな……。ここまで来て中に入れないなんて。暗い中、ひとりで待つなんて恐ろしい。なんとかして入れてもらわなければ。そんなことを考えていたところに、ミシェル様が助け船を出してくれた。

「彼女は私の助手だ。一緒に連れて行く」

「はあ？　聞いてねえし」

「だったら、本日は引き取らせてもらおう」

「ちょ、待てよ！」

渋々、渋々といった感じで、黒衣の騎士は私も中に入れてくれた。

裏口は使用人や商人が出入りする扉である。中に入ると、質素な階下の世界が広がっていた。台所に蒸留室、リネン庫に、銀器保管庫などなど。天下の公爵家といえど、この辺はどこの家も造りや構成は同じなんだなと思った。

公爵家の廊下は、蝋燭が点されていた。全体的に、薄暗い。

新しい奥様が反魔法派なので、魔石灯はいっさい使っていないようだ。階段を上がる前に、黒衣の騎士から注意される。

「おい、その魔石灯はその辺に置いておけ。デルフィネ様に見つかったら、首がぶっ飛ぶぞ」

「そうだったな」

デルフィネ様の魔法嫌いについてわざわざ教えてくれるなんて、実はいい人なのかもしれない。

「もしもバレたら、中に引き入れた俺まで罰せられるんだからな！」

前言撤回。警告は保身のためだったようだ。

泥棒のように、足音を出さないよう気を付けながら二階に上がる。突き当たりの部屋が、レティーシア様の私室のようだ。黒衣の騎士が扉を軽く叩く。すると、返事があったので扉を開いて中に入った。その先で、驚くべき光景を目にすることになる。

「ミシェル、逢いたかったですわ！」

燃えるような赤い髪を巻き毛にした美少女が、ミシェル様の胸へと飛び込んでくる。ミシェル様は冷静なもので、サッと避けていた。すると、ミシェル様の背後にいた黒衣の騎士に抱き着く結果となった。

「きゃあ！　何をしますの、この駄犬！」

そう言って、黒衣の騎士の頬を叩いた。

「いってえ！　何すんだ、この脳みそクソ女！　自分から抱き着いた癖に、わけがわからないことを言いやがって！」

「黙りなさい、駄犬のくせに！」

一連の理不尽な流れに黒衣の騎士を気の毒に思ったが、三倍返しくらいの言葉で言い返していた。暴力に暴力で返さないだけ、いいのか、悪いのか……。

黒衣の騎士は成人男性だろうに、十二歳の少女と同じレベルで言い合いをしているなんて。

時間がもったいないので、本題へ移ってほしい。

「すまないが、そろそろいいだろうか？」

「ミシェル様、駄犬が申し訳ありません。拾ってきたばかりで、しつけがなっていなくて。ロラン、ここから出ていきなさい。廊下で、待て、していますのよ」

「へいへい。わかりましたよ」

「返事は、はいだと教えましたでしょう」

「はいはい」

「返事は一回。あなた、本当に覚えが悪い駄犬ですわ」

「あーもう、うるせえなあ」

ロランと呼ばれた黒衣の騎士はつま先で扉を開き、バタンと大きな音が鳴るほど乱暴に閉めた。

レティーシア様はゴホンと咳払いして、ミシェル様に長椅子を勧めた。

「ミシェル様、どうぞ。お菓子とお茶も、用意いたしておりますの」

「お構いなく」

王太子妃候補ということで、ミシェル様は丁寧な態度を崩さない。けれど、いつも以上に表情は硬いように思えた。

「彼女は、助手のエリー・グラスランド」

想定していたが、言葉は何も返ってこない。

それどころか、レティーシア様は思いっきりツーンとしながら無視してくれた。

「エリーも、同席しても？」

「ミシェル様がどうしてもと言うのならば、構いませんわ」

ミシェル様は私に座れという合図を出す。いや、今のには「本当はすごく嫌なんだけど」という気持ちがありありと表れていた。

なんというか、いろいろとわかりやすい御方である。

レティーシア・ルメール――デルフィネ様の連れ子で、急遽王太子妃候補となった。

実際に会ってみると、そうなるのも不思議ではないと思ってしまった。確かに彼女はとびきりの美少女だし、気品がある。少々高慢なところもあるが、それすら不思議な魅力だと感じてしまう。正真正銘、王太子妃の器があるのかもしれない。

ただ、ミシェル様への好意は、駄々洩れしている。まったく隠しきれていない。まあ、好意を抱くのも無理はない。だって、相手は国内紳士代表みたいな完璧貴公子、ミシェル様だ。

「それで、私に聞きたいことって、なんですの？」

「この美容クリームは、レティーシア様からの贈り物だとアリアンヌお嬢様からお聞きしたのですが」

ミシェル様が懐から取り出したのは、防虫剤入りの美容クリーム。

対するレティーシア様は、表情など変わらずに、じっと美容クリームを見つめている。

「再来月が母の誕生日で、同じ品物を贈りたいと思い、この美容クリームを購入した店について、お聞きしたいのですが」

レティーシア様は、アリアンヌお嬢様を陥れようとしてこれを渡したのか。それを今、直接探ろうとしているのだ。

「それは――ごめんなさい。記憶にありませんわ」

「記憶にない？」

「ええ。今までアリアンヌお義姉様へいくつか贈り物をしているのですが、その中のひとつだったのでしょうか？」

しらばっくれているのか。それとも、本当にわからないのか。

もしもしらばっくれているのだとしたら、大した演技力である。ミシェル様は続けて質問を重ねる。

「この美容クリーム自体は、ご存じで？」

「いえ。あまり、覚えがなくて」

これも、嘘をついているようには見えなかった。

そのあともいくつか質問をしたものの、はっきりと証拠になるような証言を聞き出すことはできずに終わった。

「協力できなくて、ごめんなさい。よろしかったら、使用人に調べさせましょうか？」

「いえ、どうかお気遣いなく」

「ミシェル様さえよかったら、一緒に街へ探しに行ってもいいのだけれど」

「それはご遠慮いたします」

きっぱりとした口調で、ミシェル様はレティーシア様の申し出を断った。

「ミシェル様は、相変わらずですわね。エスコートですら、してくださらない」

「私は、アリアンヌお嬢様の専属騎士ですので」

「いいえ、アリアンヌお義姉様が王太子妃候補になる前から、冷たかったですわ」

ミシェル様とレティーシア様の顔を順に確認する。どちらも険しい。

どうやらふたりは、以前から知り合いだったようだ。なんだか訳ありな空気が流れる。そして、私の場違い感が半端じゃない。

「まだ、間に合いますわ。アリアンヌお義姉様より、私の騎士になっていたほうが、ラングロワ家のためになります」

「誰にどうお仕えするかは、私が決めます。損得勘定で動いているわけではありませんので」

「私に付いていればよかったと、後悔なさっても知りませんから」

「ありえないかと」

きっぱり言い切ったミシェル様に、レティーシア様はムッとした様子で叫んだ。

「そんなふうにたてついて、私が王太子妃になった暁には、覚えていなさい！」

「ずいぶんと、自信があるようで」

「当たり前ですわ。私は、血筋のよい男性と結婚するために、物心付いた時から厳しい教養を叩き込まれ、寝る間も惜しんで花嫁修業をしてきたのですから！」

「そして、王太子妃になるために、アリアンヌお嬢様を蹴落とすようなことをすると？」

「そんな卑怯なことはしません‼」

最後のひと言はヒステリックで、悲鳴のような叫びだった。あまりにも壮絶だったので、廊下で待機していたロランさんが声をかけてくる。

「お嬢、大丈夫っすか？」

「駄犬！　あなたは黙っていなさい！」

「あ。平気そうですね」

ミシェル様は立ち上がる。もう、話は終わったようだ。

レティーシア様も引き止めなかった。再び、裏口に向かう。

「もう来るなよ」

「それはどうだか」

ミシェル様はそう答えて、公爵家の裏口の扉を閉めた。

ヒュウヒュウと冷たい風が吹く中を、歩いていく。行きと同様、ミシェル様は私の手を掴んで歩いていた。

離れに戻ったあと、話がしたいと言われる。お茶を準備しようかと思ったが、いいからと言って遠慮された。そのままミシェル様の部屋に招かれる。

「葡萄酒でいいか？」

「お構いなく」

そうは言ったものの、ミシェル様は棚からワインボトルとカップを取り出す。手伝おうとしたが、座っているように言われてしまった。

ミシェル様は暖炉に鍋を吊るし、ワインを入れる。どうやら、ホットワインを作ってくれるようだ。

せっせと鍋をかき混ぜるミシェル様の様子を、ぼんやりと眺める。

「口に合うか分からないが」

ミシェル様は私の隣に腰を下ろし、カップを差し出してくれた。香辛料のスパイシーな香りが、ふわりと鼻腔をかすめる。

「ありがとうございます。いい匂いです」

匂いを吸い込んだら、前世の記憶が甦る。

ホットワインは、クリスマスシーズンの楽しみだった。デパートの催事場でクリスマスマーケットが開催されていて、そこで初めて飲んでハマったのだ。

アツアツのホットワインは、冷え切った体に染み入る。

「おいしいです」

「よかった」

しばらく沈黙の時間を過ごす。先ほどから窓枠がガタガタと揺れている。今日は、風が強い。

ミシェル様は深い息を吐き、私に問いかけてくる。

「エリーは、レティーシア様についてどう思う？」

「この短時間で判断するのは、難しいですね」

「では、今日、個人的にどう感じた？」

「そうですね。ミシェル様は、レティーシア様をわざと怒らせたのかなと、思いました」

そう問いかけると、ミシェル様は目を伏せる。

「間違っていたらすみません。なんだか、いつものミシェル様らしくなくて」

「いいや、合っている。私はわざと、レティーシア様を煽《あお》るような言葉を口にした」

「やはり、そうでしたか……」

「感情が高ぶった時、人は本心を見せる。だから、わざと怒らせるようなことを言ったのだ」

――王太子妃になるために、アリアンヌお嬢様を蹴落とすようなことをすると？

このミシェル様の一言で、レティーシア様は激昂した。

――そんな卑怯なことはしません‼

「あのレティーシア様の言葉は、嘘ではないと感じました」

「私も同感だ。しかし、まだ、レティーシア様がアリアンヌお嬢様に何もしていないとは言い切れない」

「ええ」

引き続き、調査が必要だろう。まだ、レティーシア様が暗躍していると決めつけるのは早い。

「エリー、引き続き、調査に協力してくれるだろうか？」

「もちろんです」

「ありがとう」

ミシェル様は私の手を握りしめ、熱烈にお礼を言ってくれた。

ここに来てから、ミシェル様との物理的な距離が縮まったのは気のせいではないだろう。

ラングロワ侯爵家の大奥様にお仕えしていた時は遠い存在だったのに……。どうしてこうなったのだろう。

◇◇◇

翌日——アリアンヌお嬢様と約束していた通り、皆で『アリアンヌ』と名付けられた薔薇の花を見に公爵家の庭に行く。

玄関に行くと、すでにイリスとドリスが待っていた。

「イリス、ドリス、早いですね」

声をかけると、にっこりと微笑みを返してくれた。

「そのバスケットは？」

「お菓子作ったの！」

「ラングドシャ！」

イリスとドリスはラングドシャをいたく気に入ったようで、昨晩作ったらしい。薔薇を見ながら、食べるようだ。

バスケットの中に入れて、ドリスが大事そうに持っている。

「卵黄は、カスタード・パックにしたの」

「見て、髪の毛、ツヤツヤでしょう？」

「本当！　ふたり共、きれい！」

イリスとドリスの髪には、天使の輪ができていた。アリアンヌお嬢様同様、効果はバッチリのようだ。

私もヘアパックをしたかったけれど、昨晩はくたくただったのだ。今度、お休みの日に試したい。

「触って触って」

「気持ちいいから」

お言葉に甘えて、よーしよしよしと言いながら双子を撫でる。

「あなたたち、すっかり仲良しね」

「あ、アリアンヌお嬢様！」

「お待ちしておりました！」

アリアンヌお嬢様が、メアリーさんとミシェル様を引き連れてやってくる。

双子が会釈するので、私も列に並んで頭を深々と下げた。

どうやら、朝食後にデイタイム・ドレスへ着替えたようだ。リーフグリーンの生地に白い小花が刺繍されたドレスの裾を摘まみながら、アリアンヌお嬢様が問いかけてくる。

「このドレス、どうかしら？」

「よく、お似合いで。春を思い出すような、素敵なドレスですね。今日は天気がよく、温かいので外に出たらドレスの色が映えることでしょう」

「ふふ、ありがとう」

さっそく、出かける。日陰はひんやりとしているが、太陽が照り付けている日向は暖かい。お散歩日和である。

昨日は本邸につながるこの道のりを、ミシェル様と手をつないで歩いた。そのことを思い出すと、恥ずかしくなってしまう。

いい歳なのに、手を繋いだだけで照れてしまうなんて、私も修業不足だろう。

前世では、結婚していたのか。その前に、彼氏はいたのか。

まったく、これっぽっちも思い出せない。前世の記憶がバス用品、化粧品に関することに偏っているなんて、まったくもって不思議である。

そんなことを考えていたら、突然手を握りしめられる。

「いい天気ー」

「ぽかぽかー」

イリスとドリスが、左右から私の手を握ったのだ。危うく、「ぎゃあ！」と悲鳴を上げそうになる。

「どうしたの？」

「なんだか変」

「な、なんでもないです」

ぼんやりしているから、挙動不審になるのだ。今は歩くことに集中しなければならない。

ゆっくり歩いたので、二十分ほどかかった。目の前には、公爵家の広大な庭園が広がっている。

「迷路みたいだから、迷わないように」

「了解です」

「しっかりついて行きます」

アリアンヌお嬢様の言葉に、イリスとドリスは敬礼をして返す。

楽しそうな少女の脇で、メアリーさんがポツリと呟く。

「今日は、なんだか人が多いですねえ」

「そうなんですか？」

「普段は、ここまで多くないんですよ」

広い庭なので、たくさんの庭師がせっせと働いているのかと思っていたら、そうではないらしい。

「メアリー、エリー、行きましょう」

「あ、はい」

「アリアンヌお嬢様、お待ちをー」

メアリーさんとふたりで、先導するアリアンヌお嬢様を追いかけた。

「これはダリア、そっちはマリーゴールド」

アリアンヌお嬢様は、花の名前を指差しながら先へと進んでいく。花が大好きなのだろう。足取りは軽く、とても嬉しそうだ。

そんなアリアンヌお嬢様を見つめるメアリーさんとミシェル様の目が優しくて、私も嬉しくなる。

「みんな、こっちよ」

走り出したアリアンヌお嬢様のあとを、イリスとドリスも追うように駆けて行く。

「アリアンヌお嬢様、走ったら、危ないですよお！」

メアリーさんの注意の声は届いていないのだろう。護衛のミシェル様も、走って追いかける。

迷路のような庭園なので、すぐに姿を見失ってしまった。

「アリアンヌお嬢様ったら！」

「薔薇のお花を、みなさんに見せたくてたまらないのでしょう」

「そんなに急がなくても、薔薇は逃げやしないのに」

「そうですけれど」

メアリーさんのぼやきに相槌《あいづち》を打った瞬間、アリアンヌお嬢様の絹を裂くような悲鳴が轟いた。

「え？」

「アリアンヌお嬢様⁉」

メアリーさんと共に、あとを追いかける。くねくねと入り組んだ道を進み、開けた先に、アリアンヌお嬢様の薔薇が植えてあるはずだった。

「こ、これは！」

「そんな！」

そこには、膝から頽《くずお》れたアリアンヌお嬢様と、肩を支えるイリスとドリス、呆然と立ち尽くすミシェル様の姿。それから——根こそぎ刈り取られた『アリアンヌ』の薔薇が散乱していた。

それだけではない。刈り取った薔薇は、焚火の中で燃やされていた。

美しいはずだった薔薇の庭園は、無惨にも破壊されていたのだ。

近くを、作業員のおじさんが通りかかる。メアリーさんが震える声で質問を投げかけた。

「あ、あの、ここにあった薔薇はなぜ、このようなことに？」

「ああ、レティーシア様が庭に白亜の東屋が欲しいってことで、ここに造ろうって話になったみたいっすよ」

「な、なんてことを！　ここは、アリアンヌお嬢様の大事な薔薇庭園なのに！」

「いや、知らないっすよ。そんなこと」

　アリアンヌお嬢様は、細い肩を震わせていた。しゃくり上げるような泣き声も聞こえる。

　どうして、こんなひどいことをするのか。ここにある薔薇は、アリアンヌお嬢様にとって特別なものだったのに。

「うっ……うう……」

　ミシェル様は泣きじゃくるアリアンヌお嬢様を抱き上げ、来た道を戻っていく。メアリーさんにイリスとドリスも付いていった。

　私はショックがあまりにも大きすぎて、この場から動けない。

「おい、そこにいたら邪魔だ」

　作業員のおじさんにドン！と背中を押された私は、倒れ込んでしまう。

「い、痛っ……」

「ぼーっと突っ立っているから、そんなことになるんだ！」

なんてひどいことを言うのか。言葉を失ってしまった。

この人たちは、アリアンヌお嬢様の事情を知らない。ただ、命じられた通りの仕事をこなしているだけだろう。悪者だと思ってはいけないのだ。

けれど、あまりにもひどい。

昨日の出来事が、レティーシア様にこのような行為をさせてしまったのか。

「いつまでそこにいるんだ！　邪魔だと言っているだろう！」

そう言いながら、引き抜いた薔薇を拾い、焚火の中へと入れようとする。

「待ってください‼」

作業員のおじさんの腕を掴み、薔薇を奪い取った。ツキンと、痛みが走る。薔薇の棘が、手のひらに刺さったのだろう。

「おい、あんた、それ、薔薇だぞ？　素手で触ったら、怪我をする」

薔薇の棘が刺さった痛みなんて、アリアンヌお嬢様の心の痛みに比べたら大したことではない。

「お願いいたします。薔薇を、燃やさないでください！」

「は？」

「この薔薇は、アリアンヌお嬢様の宝物なんです！」

まだ、燃やされていない薔薇がいくつもある。それを回収して回った。

作業員のおじさんの視線は冷たかったけれど、私にできることはひとつでも多くの薔薇を回収することだけ。

今は、手の痛みも、蔑むような目も、気にならなかった。

最後に、気の毒に思ったのか、私を突き飛ばした作業員のおじさんが薔薇を入れるようにと籠を貸してくれた。

「ほら、これに花を入れろよ」

「ありがとうございます」

複雑な思いが入り交じり、言葉が続かない。けれど、助かったことに変わりはなかった。

何回かに分けて運ばないといけないと思っていたが、籠のおかげで一気に運べる。

立ち上がって、再度お礼を言った。

「助かりました」

「いや……。その、なんだ。悪かったな」

「いえ。こちらこそ、お仕事の邪魔をしてしまい、申し訳ありませんでした」

「いいよ。俺たちも、短期間の作業だったから、いつも以上にイラついていて」

「そう、だったのですね」

公爵家より無理な仕事を押し付けられたようだ。それで、イライラしながら仕事をしていたと。

「あんた、手、きちんと洗って薬塗ったほうがいい。ばい菌が入って、ひどいことになるぞ」

「ありがとうございます」

「薔薇、どこに運ぶんだ？」

「え、あの――」

作業員のおじさんは薔薇の入った籠を持ち上げ、運び始める。

「どっちだ？　右か、左か？」

「あの、まっすぐ行った先にある、離れに」

「わかった」

なんだかんだと言いながら、薔薇の花を離れまで運んでくれた。嫌な人だと思っていたが、本当はいい人だったのだ。

おじさんは、私が傷をきれいに洗うところまで見届け、帰っていった。

これからどうするのか、考えはある程度固まっている。確か、薔薇は挿し木ができたはずだ。離れにあるウォール・ガーデンで薬草の世話をしている老齢の庭師に、声をかけてみる。

初めてウォール・ガーデンに入ったが、一見して草がボーボーに生えているだけの広場にしか見えない。きっと、生えているものの一つひとつが、薬草なのだろう。

前世の記憶を引用して説明すると、広さは東京《とうきょう》ドームくらいか。正確な広さは分からないが、とにかく広い。うろうろと探し回って、やっとのことで庭師を発見した。

白髪頭に麦わら帽子を被った老齢の庭師に声をかける。

「あの、すみません」

「はい、なんでしょうか？」

振り返った庭師は目元に深い皺がある、優しそうな老人だった。

「あの、私は、アリアンヌお嬢様付きの侍女で、エリー・グラスランドと申します」

「これはこれはご丁寧に。わたくしめは庭師のロジー・オランドと申します」

わざわざ立ち上がり、麦わら帽子を脱いで会釈するという丁寧な挨拶をされた。

「いかがされたのですか？」

「あの、この薔薇なんですけれど、挿し木にして育てることはできますか？」

「ちょっと拝見いたしますね。おや、これは……」

「ダメでしょうか？」

「いいえ、大丈夫ですよ。うまくいったら、春にはきれいな花が咲くでしょう」

「そうですか。よかった」

安心したら、膝の力が抜けて地面に座り込んでしまった。

「この薔薇、アリアンヌお嬢様の大事な薔薇で……」

「ええ、存じております。わたくしめが昨日、本邸の庭に咲いておりますよと、ほかの使用人を通じてアリアンヌお嬢様にお知らせしたんです」

「そうだったのですね」

「しかし、誰がこのように乱暴に抜いたのです？」

「庭に東屋を建てるために、アリアンヌお嬢様の薔薇が咲いているところを整地したようで」

「なるほど。しかし、これを旦那様が許すとは思えないのですが……」

「ええ。公爵様がアリアンヌお嬢様のために植えるよう頼んだ薔薇なんですよね？」

「はい。十年前にこの薔薇を本邸の庭に植えるよう旦那様に頼まれたのは、私ですから」

公爵はアリアンヌお嬢様を目に入れても痛くないくらいに可愛がっていたらしい。それが最近、再婚をきっかけに豹変してしまったのだとか。

「旦那様はいったいどうされてしまったのか……」

公爵家全体で、何かがおかしくなっているのかもしれない。一刻も早く、調査したほうがいいだろう。

「薔薇は、私にお任せください。きちんと、咲かせてみせますので」

「お願いいたします」

「しかし、今咲いている薔薇は、もうダメでしょう……」

「でしたら、私が引き取ってもいいですか？」

「ええ。このままであれば、朽ちていくだけですから」

薔薇の状態は正直言って良くない。けれど、そんな薔薇でも使い道はある。

庭師のロジーさんと一緒に、鋏で茎を切って、薔薇の花だけを籠に戻した。

すぐに、薔薇を蒸留室に持ち込む。

奇跡的に、一輪だけきれいな状態の薔薇があった。

この薔薇を使って、プリザーブドフラワーを作る。

プリザーブドフラワーとは、花を長期間保存できるように加工した花のこと。うまくいけば、みずみずしく美しい状態を保つことが可能なのだ。

ちょうど、保管していた薬剤で作れる。さっそく、作業に取りかかった。

消毒用エタノールに薔薇を浸けると、薔薇の水分と色が抜ける。短時間で水分と色が抜けるよう、薬剤の効果が早まる魔法を施す。

「――にじみでろ、浸出《インフューズ》」

魔法陣が浮かんでほのかに光り、パチンと弾けた。魔法は成功だ。

続いて、薔薇の着色を行う。保湿潤滑剤に水、インクを加え、着色液を作った。

着色液を温めて、薔薇の花を鎮める。今度は、浸透魔法で色を染み込ませる。

「――しみこめ、浸透《パーミエーション》」

魔法は無事成功。

アリアンヌお嬢様をイメージした、可愛らしい薄紅色に染めた。これも、魔法で染める時間を短縮させる。

最後に乾燥だ。これも、魔法を使って一瞬で乾かした。

「――かわききれ、完全乾燥《フル・ドライ》」

今度も、成功。無事、プリザーブドフラワーが完成した。

前世で身に付けたプリザーブドフラワー作りの技術が、ここで役立つとは思いもしなかった。買うと数千円もするので、自分で作っていたのだ。

小さな木箱の底に乾燥剤を入れ、その上にプリザーブドフラワー化させた薔薇を入れる。久々に作ったにしては、うまくできたような。

それにしても、魔法は便利だ。通常だったら、花の脱色と脱水に一日、着色に一日、乾燥に二日かかる。

魔法のおかげで、一時間半ほどでプリザーブドフラワーが完成してしまった。

この世界にネット環境や家電、ガス、電気などはないけれど、魔法があるのでかなり便利だ。

前世と今世、生まれ変わるのならばどちらがいいか聞かれたら、かなり迷ってしまう。それくらい、魔法は地球の文明に匹敵するほど使い勝手がいいものなのだ。

プリザーブドフラワーが完成したのと同時に、イリスとドリスが蒸留室にやってきた。ふたり共落ち込んでいる。

「大丈夫ですか？」

「アリアンヌお嬢様が泣き止まないから、悲しくて」

「どうして、アリアンヌお嬢様ばかり、悲しい目に遭うのだろう」

しょんぼりと肩を落とすふたりに、プリザーブドフラワーを見せる。

「これ、アリアンヌお嬢様の薔薇『アリアンヌ』を、一年ほど保存できるように加工したものなんです」

「え、きれい……！」

「す、すてき……！」

きっと、この花が朽ちる頃には、庭にたくさんの薔薇が咲いているだろう。それまで、アリアンヌお嬢様の心を慰めることができたらいいな。

早く持って行ったほうがいいと言うので、小走りでアリアンヌお嬢様の私室に向かった。

部屋の前には、ミシェル様が佇んでいた。表情は暗い。

「エリー」

「ミシェル様、アリアンヌお嬢様のご様子はいかがですか？」

「中で、伏せっておられる」

「会えるでしょうか？」

「聞いてみよう」

扉を叩いたら、メアリーさんが顔をのぞかせる。双子やミシェル様同様、暗く落ち込んでいるようだ。

「どうかなさいましたか？」

「アリアンヌお嬢様の薔薇で、プリザーブドフラワーを作ったのですが」

「ぷりざーぶどふらわー、ですか？」

「はい。水なしで約一年間、枯れない薔薇なんです」

「それは、素晴らしい。今すぐアリアンヌお嬢様に、お見せしてください」

まっすぐ寝室のほうへと向かった。ぐすぐすと泣いている声が聞こえる。部屋は暗かったが、魔石灯を点けさせてもらった。

「アリアンヌお嬢様、エリーです」

「な、何？」

「プリザーブドフラワーを作ったので、見ていただけますか？」

「ぷ、ぷりざーぶどふらわー？」

枕元に近づいて、完成したばかりの薔薇のプリザーブドフラワーを差し出す。

すると、アリアンヌお嬢様は起き上がり、木箱の中のプリザーブドフラワーをのぞき込む。

「これ、もしかして、わたくしの薔薇『アリアンヌ』？」

「そうです。ひとつだけ、きれいな花が残っていたので、保存するために作ったのです。一年間、枯れないよう加工を施しました」

「一年間も枯れないなんて、すごいわ……！」

「水分を抜いた時に色も抜けてしまったので、着色したものになりますが」

「エリーの作った色なのね。可愛らしい色だわ」

「アリアンヌお嬢様をイメージした色なんです」

「そうだったのね。嬉しい」

アリアンヌお嬢様はそう言って、プリザーブドフラワーが入った木箱をぎゅっと胸に抱きしめる。

「エリー、本当にありがとう」

「いえ……」

薔薇を挿し木にしたことについて、言おうかどうか迷った。しかし、またダメになる可能性もある。落胆しているアリアンヌお嬢様を見ていたら、二度と同じ思いをさせてはいけないだろう。だから、今日のところは言わないでおいた。

「この薔薇、本当に、きれいだわ。あまりにもきれいだから、涙が引っ込んじゃった」

「そのように喜んでいただけて、嬉しいです」

あわく微笑んでいる様子を見て、前世の記憶を思い出して本当によかったと思う。

前世の記憶がなかったら、挿し木についても思いつかなかっただろう。プリザーブドフラワー作りについてもだ。

姉たちの私物を羨むあまり、美容品に詳しくなり、美容系の会社に就職して、しまいには自作するようになった。

そのすべてが今、役立っている。前世の記憶が、アリアンヌお嬢様を笑顔にしているのだ。

「エリーは不思議な人ね。なんでも知っているのに、偉ぶっていなくて、欲もないように見えて、空気みたい。もちろん、いい意味でよ」

「ありがとうございます」

「その顔、喜んでいないでしょう?」

本心を見抜かれ、返す言葉が見つからなかった。

正直にいえば、空気みたいという評価はあまり嬉しくない。ミシェル様やラングロワ侯爵家の大奥様にも言われたことがあるけれど。

「何が気に入らなかったか、白状させるわ!」

「なんでもないですよ」

逃げたら、追いかけられてしまった。

「待ちなさい、エリー」

「ご勘弁を～～！」

しばらく私たちは、なんてことのない理由で追いかけっこをする。

アリアンヌお嬢様が笑顔だったので、私は徹底的に付き合ったのだった。

◇◇◇

残りのアリアンヌお嬢様の薔薇『アリアンヌ』は、すべて精油にした。

精油というのは、植物から抽出した香りのする油のことである。

スキンケアからマッサージ、掃除など、利用方法は多岐にわたる。

薔薇の精油は香り高く、美容効果がある。そのため、お風呂に数滴垂らしたり、美容水を作ったり、石鹸を作ったりするのに使えるだろう。

薔薇の精油は水蒸気蒸留器を使って作られる。先日、骨董屋で錬金術師が使っていたという、中古の水蒸気蒸留器を購入していた。

水蒸気蒸留器の見た目は、大きなふたつの鍋が細長い筒のような管でつながっている。

まず、大きな鍋に薔薇を入れて蒸す。すると水蒸気が発生するのだが、これを冷やすと芳香をたっぷり含んだ液体になる。これらの工程でできるものが、精油と呼ばれている。

この通り水蒸気蒸留器は、素材を加熱し気化させて、冷却したあと液体を取り出すことができる道具なのだ。

大量の薔薇は、瓶ひとつ分の精油となった。

第三章　エリー・グラスランド、公爵家に潜入する

誰がアリアンヌお嬢様の薔薇園を潰し、東屋を作るように命じたのか。

その犯人はきっと、アリアンヌお嬢様に防虫剤入りの美容クリームを準備した者に違いない。

イリスとドリスは相変わらず、レティーシア様を疑っているようだ。

メアリーさんは、犯人など考えたくもないと頭を抱えている。

ミシェル様は、レティーシア様だと勝手に決めつけるのはよくないと言う。しっかり調べたほうがいいとも。

しかし、内部を調査したくても、私以外の人々は顔が知れている。潜入調査は難しい。となれば、私が行くしかないだろう。

幸い、私の顔は地味で、印象に残りにくい。そのため、しっかり変装したらレティーシア様にもバレないはずだ。

一日三時間、週に四回ほど潜入することとなった。意外にも、短時間勤務の使用人は多いらしい。副業にしている人も多いのだとか。

エプロンドレスのお仕着せをまとい、魔法で髪を黒に染め三つ編みのおさげにして、牛乳瓶の底みたいに分厚い眼鏡をかける。肌にそばかすを散らしたら、地味なメイドの完成だ。

調査対象は、レティーシア様、ルメートル公爵、デルフィネ様の三名。

「ミシェル様、レティーシア様の専属騎士のロランさんは調べなくてもいいのですか？」

「あれは、いい。必要となった時は、私が直接調査する」

「承知いたしました。では、行ってまいります」

「エリー、無理はするな。危険だと感じたら、すぐに戻れ」

「了解です」

ミシェル様が用意してくれた紹介状を持って、公爵家の裏口を目指す。公爵邸内を歩き回れるよう、掃除メイドとして働くようだ。

緊張しながらも、裏口の扉を叩く。すぐに返事があった。ひょっこりと顔をのぞかせたのは、十六歳くらいの若いメイド。紹介状を見せると、すぐに案内してくれた。

「あんた、名は？」

「マリーです」

マリーという偽名は、ミシェル様が考えてくれた。エリーと似た名前にしておけば、私がうっかり言い間違ってもそこまで違和感はないだろうという狙いがあるようだ。

「マリー、いい？　一回しか言わないからね。そこが厨房、そっちはリネン室、あそこは蒸留室で――」

業務連絡は早口でまくし立てられる。

「あ、魔法は絶対使ったらダメだからね！　デルフィネ奥様が、反魔法派なの。バレたら速攻クビだから」

「わかりました」

「不便だと思うけれど、頑張って」

「ありがとうございます」

掃除について簡単にザックリ説明され、来て十分も経たずに二階の廊下掃除を言い渡された。

二階にはルメートル公爵、デルフィネ様、レティーシア様の私室がある。調査するのにうってつけの掃除区画だ。張り切って階段を登った。

ブラシを使い、カーペットをきれいにする。初めて見るカーペット専用洗剤だったので、触れる前に毒か否かを判別する鑑定水晶に当ててみる。すると、紫色に光った。

「げっ！」

人体に悪影響ありの洗剤だなんて、恐ろしすぎる。手袋とマスクは必須だろう。

眼鏡を装着していてよかった。

一時間ほどカーペットをきれいにしていたところで、レティーシア様の部屋の前にたどり着いた。耳を澄ましてみたが、特に会話など聞こえない。

まあ、最初からうまくいくわけがない。今日のところは真面目に作業することにしよう。

証拠集めの中でもっとも重要なのは、使用人たちの雑談から情報を拾うこと。さっそく、休憩室で気になる情報を得ることができた。

「それにしても、旦那様はどうしたんですかね～」

客間メイドのひとりが、ポツリと漏らす。

「以前までは亡くなった奥様とアリアンヌお嬢様を溺愛されていたのに、今はすっかりデルフィネ様とレティーシアお嬢様にぞっこんですから」

なるほど。ルメートル公爵は再婚してから変わってしまったと。

「なんだか、性格まで変わった気がして……。今日、お茶を持ってくるタイミングが遅いって、怒られたんですよ～。今までそんなこと一度もなかったのに」

そんなルメートル公爵の豹変に対するぼやきは、客間メイドだけではなかった。従僕や御者も同様に、ちょっとしたことで怒られたらしい。

「以前までは毎日ニコニコしていて、穏やかな方だったのに、最近はカッカしていて」

最近、目の下にクマがある上にゲッソリしているので、病気なのでは？という憶測も飛んでいるようだ。

「何よりも、あんなにアリアンヌお嬢様を可愛がっていたのに、離れに行くと言っても引き止めない上に、アリアンヌお嬢様の薔薇園を潰してレティーシアお嬢様のために東屋を造ろうとしているなんて、ひどいです……」

東屋を造るように命じたのは、ルメートル公爵の独断だったのか。それとも、レティーシア様の希望なのか。その辺を詳しく聞きたいけれど、新入りの私が深く首を突っ込んだら怪しまれるだろう。出かかっていた疑問を、ゴクンと呑み込んだ。

話題はどんどん変わっていき、またしても気になる情報を話し始める。

「レティーシアお嬢様はいいんですけれどねえ～」

「見た目と言動はキツイのですが、一応筋は通っていますし」

「他人に厳しく、自分に厳しいタイプなんですよね」

「勘違いされやすい御方かと」

レティーシア様の評判は、悪くない。というか、よいほうだろう。意外だ。

「アリアンヌお嬢様が離れに行って一番ショックを受けていたのは、レティーシアお嬢様ですからね」

「アリアンヌお嬢様に威勢よく『逃げますの？』、『そこまで意気地なしだったら、さっさと出て行ってくださいまし』とおっしゃっていましたが、行かないでと言いたかったのでしょう」

「本当、レティーシアお嬢様はアリアンヌお嬢様が大好きなんですよね。表には絶対出しませんが」

「だから、アリアンヌお嬢様の薔薇園を潰して、レティーシアお嬢様のための東屋を造ると聞いた時、愕然《がくぜん》としていたそうですよ」

どうやら、レティーシアお嬢様が東屋を建てるように頼んだのではないようだ。

もっと話を聞いていたかったけれど、休憩時間が終わってしまった。

二階に戻って廊下で掃除をしていたら、レティーシア様の声が聞こえて驚く。

すぐさま壁際に寄って、頭を下げた。

「だから、アリアンヌの薔薇はどこにやったのかって聞いていますの！」

「庭師に聞いたところ、燃やしてしまったと」

「あれは、大切な薔薇ですのよ？　それを、捨てるなんて！」

「申し訳ございません。品種を聞いて、もう一度栽培するように言っておきますので」

「新しい薔薇では、意味がなくってよ！」

私の前を通り過ぎるまで、レティーシア様は侍女に怒鳴り続けていた。あとからやってきたメイドが、「また、いつもの癇癪だわ」と溜め息をついていたが、あれは癇癪ではない。

アリアンヌお嬢様が薔薇を大事にしていたことを知っていて、怒っていただけだろう。

今日一日の潜入調査で、レティーシア様がアリアンヌお嬢様を陥れようとしている人物ではないことが確かとなった。大きな収穫だろう。

離れに戻り、ミシェル様に報告した。

「――というわけで、レティーシア様はアリアンヌお嬢様の敵ではないのではないかと」

「そうだな」

「アリアンヌお嬢様のことを慕っているのに、なぜ王太子妃候補となったかまではわかりませんが」

そういえば、幼少期から厳しい教育を受けていると言っていたような。王太子妃候補になれるレベルであれば、相当な力の入れ具合だろう。

「貴族令嬢って、王太子妃候補になれるほどの教育を受けるものなのですか？」

「いいや、普通はしない。ごくごく一般的な貴族に嫁ぐだけであれば、必要ないものだろう」

アリアンヌお嬢様は優雅にお茶をする暇もないほど、外国語に歴史、古文、数学に法律と、ありとあらゆる学問を叩き込んでいる。おそらく、レティーシア様も同じレベルの教養を身に付けているのだろう。

「デルフィネ様は、元伯爵夫人、でしたっけ？」

「そうだ」

伯爵である夫が亡くなった二年後に、公爵と結婚した。

レティーシア様の教育は、伯爵令嬢時代からしているものだろう。王太子妃候補になれる素養は、一朝一夕で身に付くものではない。

「デルフィネ様は伯爵令嬢時代から、レティーシア様を王太子妃候補にするつもりだったのでしょうか？」

「いや、それは……」

ミシェル様は何かを話そうとしたが、言いよどむ。

「ミシェル様は以前から、レティーシア様をご存じだったようですね」

「ああ。私の婚約者候補だったのだ」

なるほど。そういうわけだったのか。大貴族に嫁がせるために、念入りな花嫁修業をしていたようだ。

それとなく、レティーシア様はミシェル様がお好きだったのかな、と思っていたが、まさか婚約者候補だったなんて。

「なぜ、お断りになったのか、というのは聞かないほうがいいですか？」

ミシェル様は首を横に振り、当時あったことを話してくれた。

「レティーシア様の実の父君であった今は亡きセルヴァン前伯爵は、国王親衛隊の隊長だった。そこで、デルフィネ様が私にある条件を持ちかけてきたのだ」

それは、レティーシア様と結婚したら、国王陛下の親衛隊の隊長の座を明け渡す、と。

「貴族は、家の力で出世する。しかし、私はそういうことが好きではない。だから、婚約話を断った」

話し終えたあと、ミシェル様は物憂げに目を伏せる。きっと、大変勇気がいる決断だったのだろう。

「すみません、無理やりお聞きしてしまって」

「いや、いい。あの時、どうすべきだったのか、数年もの間自問することがあった。私は次男で、引き継ぐものは父から授かった名ばかりの儀礼称号しかない。国王陛下の親衛隊となったほうがよかったのではと思うこともあった。しかし、改めて振り返ってみたら、あの時の判断は間違っていなかったのだとはっきり言える。今、アリアンヌお嬢様にお仕えできていることは、最高の名誉だから」

「そう、ですね」

だからこそ、アリアンヌお嬢様を陥れようとする者を、徹底的に排除しなければならない。

「話を聞いていると、デルフィネ様がどうにも策士なのではないかと、思うようになってきました」

「そうだな」

夫を亡くした二年後に公爵と結婚し、レティーシア様を王太子妃候補として立てることに成功させた。驚くべき剛腕《ごうわん》だろう。

「公爵を洗脳し、アリアンヌお嬢様を陥れ、公爵家を我が物として操っているのならば、悪事は暴くべきだろう」

ただ、公爵が洗脳されているという証拠はどこにもない。

「ミシェル様は、デルフィネ様について何かご存じですか?」

「反魔法派、というくらいだな」

そういえば、使用人との会話の中に、デルフィネ様の話はまったく出てこなかった。

「まだ、いろいろ探る必要はありますね」

「しかし、相手のほうがかなり上手《うわて》だろう。直接の調査はしないほうがいいのかもしれない」

「ええ……」

調査中、もしも怪しまれて捕まったら、牢屋に放り込まれて二度と出てこられなくなるだろう。獄中生活をする様子を想像したら、ガクブルと震えてしまった。

「とりあえず、調査は使用人から噂を聞く程度にしてほしい」

「了解です」

ミシェル様と話したあと、メアリーさんとイリスとドリスにも情報が共有される。

レティーシア様が敵ではないと報告したところ、皆驚いていた。

「てっきり、レティーシア様はアリアンヌお嬢様を敵対視しているものだと。でも、お話ししていたことが本当ならば、レティーシア様はアリアンヌお嬢様を本当に慕っているのでしょうね……」

メアリーさんはすぐに受け入れてくれたが、イリスとドリスは納得していないようだ。

ふたりとも腕を組み、口をへの字に曲げている。今日は同じ方向に首を傾げていた。

きっと、自分の目で見て確かめないと、信じないだろう。

「だったら、レティーシア様をここへ招待してみませんか？　もちろん、アリアンヌお嬢様がいいと言ったらですけれど」

「ああ、いいですね。お茶会をしたら、息抜きになるでしょう」

イリスとドリスの反応を見てみたら、頬をぷっくりと膨らませていた。ツンツンと指先で突くたびに、どんどんぷうっと膨らませていく。

「ふふ、おもしろいです」

「おもしろくないです！」

「真剣に怒っているのです！」

ふたりが仲良くしている様子を見たら、イリスとドリスも納得してくれるだろう。

れど。

レティーシア様が素直なところをアリアンヌお嬢様に見せてくれることが大前提だけ
「では、今からアリアンヌお嬢様に聞いてきますねえ」

「メアリーさん、お願いします」

どうだったか報告を待つ間、私はイリスとドリスを連れて蒸留室へと向かう。

「今日は何を作るの？」

「新作？」

テーブルに出したメインの材料は、薔薇『アリアンヌ』の精油と蜂蜜。

「今日はこれを使って、化粧水を作ります。薔薇は香りをかぐだけで鎮静効果がある上に、乾燥から肌を守る効果があるのです。蜂蜜は栄養豊富で、肌に潤いを与え、美肌にしてくれます」

「へー」

「すごーい」

そんな肌にとってよい効果をもたらす薔薇の精油と蜂蜜を使った、最強の化粧水を今から作る。

「まず、薔薇水から作ります。とは言っても、材料は薔薇の精油と蒸留水を混ぜるだけです」

薔薇の精油は、アリアンヌお嬢様の薔薇の精油を使う。

カップ一杯の蒸留水に、薔薇の精油を垂らして混ぜる。これで、薔薇水は完成だ。

「薔薇水は焼き菓子の香り付けにも使えるんですよ」

「そうなんだ」

「今度、ラングドシャに入れてみよ」

薔薇の香りがするラングドシャ。いいかもしれない。ほかにも、薔薇水は肌に塗って保湿代わりにしたり、髪に塗ってヘアケア用にしたりすることもできる。

「薔薇水が完成したら、カップに注いで蜂蜜を加えます」

イリスが薔薇水を量り、ドリスが蜂蜜を入れてくれる。

「薔薇水に蜂蜜を入れてよく混ぜて溶かし、それに保湿潤滑剤を加えます」

泡だて器でシャカシャカと混ぜ、きれいに混ざったら瓶の中に入れる。

「最後に増粘剤を入れて、魔法で振動させます」

手動でするならば、一時間くらい瓶を振り続けなくてはいけない。

「では、魔法をかけますね」

大きな木箱の中に布を敷く。その上に瓶を置いた。

息を吸って、はく。集中して、魔法をかけた。

「うちふるえろ――振動《ヴィブラシオン》！」

瓶がぶるぶると震え、中の化粧水が振り動かされる。だんだんと、中身に変化が起こる。

増粘剤は強い粘りを出す物質で、化粧水をジュレ状にしていった。

ちなみに、増粘剤は粉末トウモロコシに細菌を加え、発酵させたものである。保湿性を高め、肌に保護膜を作ってくれるのだ。

「そんなわけで、蜂蜜薔薇水の化粧ジュレの完成です」

まずは、鑑定水晶を使って問題がないか確認する。

「うん、問題なし、と」

続いて自分たちの肌に使い、問題ないか使ってみる。

「いい香り」

「うっとりする」

さすが、アリアンヌお嬢様の薔薇だ。香りが濃い。そして、手の甲に塗ると、肌が柔らかくなったような気がする。

「しっとりした気がする」

「ツルツルになったような気がする」

評判は上々だ。きっと、アリアンヌお嬢様も喜んでくれるだろう。

ひと仕事終えたあとで、メアリーさんがやってきた。

「アリアンヌお嬢様がレティーシア様を離れに招待してくださるそうです」

「本当ですか？」

「ええ、本当ですよ。それで、エリーさんに相談があるというので、アリアンヌお嬢様のお部屋に行ってもらえますか？」

「わかりました」

ついでに、完成したばかりの蜂蜜薔薇水の化粧ジュレを持って行くことにした。

「また、何か作ったのですか？」

「はい。粘度のある化粧水なんです」

「はー、また、初めて見る品で」

メアリーさんの手の甲に、少しだけのせて伸ばす。

「いい香りです。それに、塗ったあと潤ったような」

「アリアンヌお嬢様の薔薇を使って、作ったのです」

「でしたら、余計にお喜びになるでしょう」

「だと、いいのですが」

「間違いないですよ。自信を持ってくださいな」

「メアリーさん、ありがとうございます。では、持って行ってきますね」

「いってらっしゃい」

化粧水の瓶を胸に抱き、二階まで駆け上がる。アリアンヌお嬢様は、なぜか廊下で私のことを待ち構えていた。

「エリー！　ねえ、レティーシアをここに招く話は聞いた？」

「はい」

「相談があるの」

手を引かれ、アリアンヌお嬢様の私室へ導かれる。

「座って」

「失礼いたします」

アリアンヌお嬢様は私の隣に腰を下ろし、頬を薔薇色に染めながら話しかける。

「わたくし、レティーシアをお茶に招待するのは初めてで、どんなふうにおもてなしをすればいいのかしら？　せっかくここまで来るのだから、特別な物を出したいの」

「でしたら、アリアンヌお嬢様のお好きなもの――たとえば薔薇水を使ったお菓子とか、お出ししたらどうでしょう？」

「薔薇水？」

「はい。アリアンヌお嬢様の薔薇で、精油を作ったのです。精油はそのままでは濃度が高すぎて使えないのですが、蒸留水で薄めた薔薇水であれば、お菓子の香り付けに使ったり、化粧水として使ったりできるのですよ」

「そうなのね」

「この、蜂蜜薔薇水の化粧ジュレも、アリアンヌお嬢様の薔薇の精油から作った化粧水となっております」

「蜂蜜薔薇水の化粧ジュレ？　初めて聞いたわ」

おそらく、ジュレ状の化粧品なんて、この世界にはまだないだろう。瓶を開封し、中身を見せる。

「まあ、不思議。デザートのジュレみたい。これが、化粧品なの？」

「ええ、そうですよ。試されますか？」

「お願い」

アリアンヌお嬢様の手の甲に、そっとジュレをのせる。

「いい香り。おいしそうね、食べられそう」

「そうですね。蜂蜜も入っているので、余計にそう思えるのかもしれません」

「食べないように注意しないと」

話をしながら、アリアンヌお嬢様の手の甲に円を描くように、ジュレをくるくると広げていく。

「これを見ていたら、ジュレが食べたくなったわ」

「でしたら、レティーシア様のお茶会では、薔薇水入りのジュレを作りますか？」

「薔薇のジュレって、作れるの？」

「はい。可能です。蜂蜜をたっぷり入れたら、甘くておいしいジュレが仕上がるでしょう」

「だったら、作りたいわ」

「一品目は決定ですね」

それから、どんどんお菓子のアイデアを出していく。薔薇のスコーンに、薔薇のクッキー、薔薇のケーキと、薔薇づくしだ。

「お茶も薔薇にして、テーブルに置く花瓶の花も薔薇がいいわ」

「当日は、薔薇のドレスをまといます？」

「いいわね！　髪飾りは、薔薇の生花にしましょう」

薔薇を飾ったアリアンヌお嬢様は、きっと見違えるほど可愛らしいだろう。

「ありがとう。エリーのおかげで、いいアイデアが浮かんだわ。問題は、レティーシアが来てくれるか、だけれど」

「きっといらっしゃってくれますよ」

「そうね。そうよね……」

アリアンヌお嬢様は自らの頰に触れながら、私に質問する。

「わたくしの肌、きれいになったかしら？」

「ええ、おきれいですよ」

毎日のスキンケアのおかげで、ニキビは完治した。アリアンヌお嬢様は美しい肌を取り戻している。

「わたくし、王太子妃候補の試験の成績がよくなくて、悩んでいたら額や頰がニキビだらけになって……」

アリアンヌお嬢様の細い肩には、大きな大きな責任がのしかかっていたのだろう。つらいとも言えず、今までたった独りで戦ってきたに違いない。

「王太子妃候補の立場が危うくなって、公爵家の本邸の居心地が悪くなって、お父様のお顔も、新しいお母様のお顔も見たくなくて、離れに行くことを決めたの。レティーシアは、わたくしに逃げるつもりなの？と聞いてきたわ。それに対して、何も言えなかった……」

レティーシア様は離れに逃げることを責めていたのではない。離れに行ったら寂しいと言えなかっただけだ。

私がそれを伝えても意味がない。レティーシア様の口から、きちんと言わなければいけないのだ。

「レティーシアは何も悪くないわ。悪いのは、わたくしの弱さ」

ぎゅっと、胸を締め付けられる。十二歳の少女がここまで自分を責めなければいけない世の中が存在するなんて、いまだに信じられない。けれど、これが貴族として生まれた女性の生き方なのだ。

自分は弱いと言い切ったアリアンヌお嬢様の横顔は、凛としていた。

「エリー、ありがとう」

「え？　な、何のお礼でしょうか？」

「あなたは、わたくしのためにいろいろとしてくれているでしょう？」

「それは、私は、アリアンヌお嬢様の専属美容師ですから」

「それ以外も、してくれているでしょう？」

もしや、潜入のことがバレているのか。ドキンと、胸が高鳴る。

「エリーが来てから、メアリーもイリスもドリスもみんな明るくなった。ミシェルは、穏やかになったわ。あなたが来るまで、みんなピリピリしていたり、暗かったりしていたのよ」

「そ、そうだったのですね。しかし、それらの変化はアリアンヌお嬢様が元気を取り戻したからだと思います」

「あら、わたくしが元気を取り戻したのは、エリーの石鹸のおかげよ？　エリーのお手柄じゃない？」

「そ、そうですね」

「だから、ありがとう」

アリアンヌお嬢様はぎゅっと私の手を握ってくれる。太陽みたいに温かい手のひらだった。

◇◇◇

翌日、アリアンヌお嬢様はレティーシア様にお茶会の招待状を書いた。

返事が届くまで、ドキドキする時間を過ごすことになりそうだ。

午後からは、冴えない掃除メイドに変装して公爵家に潜入する。

相変わらず、使用人の休憩室は公爵家の方々の噂話で持ち切りだ。

「レティーシアお嬢様、アリアンヌお嬢様からお茶会に誘われたのですって」

「まあ！　だから今日一日機嫌がよかったのね」

「いつもの癇癪も、今日は一回もないのよ」

「それが毎日続けばいいんだけれど」

どうやら、レティーシア様はお茶会に招待されたことを心から喜んでいるようだ。

話を聞いていると、ホッコリしてしまう。

「アリアンヌお嬢様、毎日レティーシアお嬢様をお茶会に誘ってくれないかしら」

「そうしたら、私たちのお仕事もぐっと減るわ」

休憩所の話題は尽きない。

「そういえば、昨晩、旦那様がお部屋で倒れていたって」

「ええ、でも、何事もなかったかのように静まり返っていたけれど」

「お医者様は？」

「それが、奥様が看病するから、必要ないって」

今日は顔色が若干悪かったものの、夫婦そろって会食に出かけたようだ。

「ねえ、もしかして、奥様が旦那様に何か――」

「あなた、気を付けなさい！　その話題は、ダメよ。侍女が大変な目に遭ったの、知らないの？」

「え、ええ、そうね」

話の流れから推測するに、デルフィネ様の噂話は禁句扱いになっているようだ。

「新入り、あなたも気を付けなさい。ひどい目に遭うから」

「ひどい目、というのは？」

「口にするのにも恐ろしいことよ」

「わ、わかりました」

いったい、どんな恐ろしいことがあったのか。使用人は皆、デルフィネ様を恐れているように思えた。

仕事を終えて帰ろうとしたら、裏口にいた商人に引き止められる。

「ああ、あんた、よかった。この商品の検品をしてくれ」

「いえ、私は掃除メイドですので、担当の者を」

「さっきから待っているのに、来ないんだよ！　ここの奥様が頼んでいた薬品だ」

薬品、という言葉に引っかかりを覚える。奥様はいったい、何を頼んだのか。

「わかりました。確認します」

「手早くしてくれ。ったく、面倒なことを請け負ってしまった」

注文書を手渡される。その一覧を見て、ぎょっとする。

専門的な言葉で書かれているが――水銀に砒素《ひそ》、鉛など、人体に悪影響を及ぼす毒物ばかりだった。

いったい、これらの毒物を何に使っているのか。

注文書には、たしかにデルフィネ様の文字で署名が書かれていた。思わず、注文書を持つ手が震えてしまった。

「ええ、た、確かに、すべてあります」

「じゃあ、帰るから」

「お疲れ様でした」

会釈をして、商人を送り出す。注文書は懐にしまい、デルフィネ様が注文していた荷物が届いたと、お付きの侍女に知らせておいた。

「商人は帰ったの？」

「ええ。急いでいたようなので」

「そう。……あら、注文書がないわ。あなた、商人から預かっていなかった?」

ドキンと胸が跳ねる。平静を装い、答えた。

「はい、何も」

「失くしたのかしら。まあ、いいわ。いつもは気にするけれど、今日は会食だから、上機嫌で戻ってくるから。注文書の確認なんて、しないでしょう」

侍女の言葉に、心から安堵する。

「では、お先に――」

そう言いかけた瞬間、背後から声がかかる。

「ねえ、あなた。私が頼んでいた荷物が届いたって、さっきすれ違った商人から聞いたんだけれど」

耳にした瞬間、背筋がぞっとした。

けだるげな、色っぽい声。振り返らなくても分かる。公爵の奥方、デルフィネ様だ。

なぜ、女主人である彼女が、使用人が行き来する階下へとやってきたのか。

今、もっとも会いたくない人物の登場に、胸が張り裂けそうなほどドクドクと鼓動する。額からも、ぶわりと汗がにじみ出てきた。

掃除メイドからしたら、奥様なんて天上人だ。壁際に寄って、頭を下げておく。

「奥様、お帰りなさいませ。お迎えできず、申し訳なく——」

「いえ、いいのよ」

ルメートル公爵の具合が悪くなったようで、予定を急遽《きゅうきょ》キャンセルして戻ってきたようだ。

「荷物、ずっと待っていたのよね」

「申し訳ございません。今、お部屋に運びます」

「ええ、お願いね」

侍女が荷物を持ち上げ、去って行く。あとからデルフィネ様も、続いた。靴の踵がコツコツと鳴り響いている間、息が止まるかと思った。このままいなくなってくれと願ったが、神様は叶えてくれなかった。

「そういえば、注文書は？」

「それは——」

侍女は私を振り返る。デルフィネ様は私をじっと見つめた。

ここで、目を逸らしたら不審に映るだろう。

動揺を悟られないよう、感情を殺してデルフィネ様と侍女を交互に見た。

私は二度、デルフィネ様に姿を見られている。変装しているとはいえ、もしかしたら気づかれる可能性だってあるのだ。

正体、注文書、両方ともバレたら大変なことになるだろう。

ドキン、ドキンと、胸が嫌な感じに高鳴る。もう、限界だ。この場から逃げ出したくなる。

「荷物は彼女が受け取ったのですが、注文書は商人が渡し忘れたと」

「ふうん」

じっと、デルフィネ様は私を見る。何かを探るような、鋭い目だ。まるで、蛇に睨まれた蛙の気分となる。じわじわ浮かんでくる不審な脂汗に、気づかれませんようにと祈るほかない。

どれだけ私たちは見つめ合っていたのか。かなり長く感じられた。ただ、その時間は永遠ではなかった。

「まあ、いいわ」

その言葉が、頭の中でぐわんぐわんと響き渡る。意味を理解するのに、しばらくかかってしまった。

デルフィネ様は去り、姿が見えなくなった瞬間に我に返る。

私は逃げるように、公爵家の裏口から外へと飛び出した。尾行されている可能性もある。いったん街に出て変装を解き、離れに戻った。

帰宅しても、胸の鼓動は治まらなかった。額から滴るほどの汗をかき、手先は震えている。

デルフィネ様の注文書を手放さない限り、落ち着くことはないだろう。

まっすぐ、ミシェル様のもとへ向かった。

「ミシェル様、いらっしゃいますか？」

「エリー？」

すぐに、ミシェル様は扉から顔を出してくれた。私の手を引いて、部屋の中へと引き入れてくれる。

それと同時に膝から力が抜け、倒れそうになった。

「エリー！」

「ううっ、すみません……」

ミシェル様が抱き寄せ、体を支えてくれる。ふわりと体が浮いた。なんと、ミシェル様がお姫様抱っこをしてくれたのだ。

そっと、長椅子に下ろされる。

「エリー、大丈夫か？　双子を呼んだほうがいいか？」

「いえ、平気です。それよりも、これを……」

震える手で、注文書をミシェル様に差し出す。ふたつに折りたたんだ紙を開いた瞬間、ミシェル様は瞠目《どうもく》した。そして、デルフィネ様の署名を見つけたのか、表情はだんだんと険しくなっていく。

「エリー、これをどこで？　危険を冒したのではないか？」

ミシェル様は私の額の汗をハンカチで拭い、震える手を握ってくれる。

「偶然、デルフィネ様宛の荷物を持ってきた商人に検品を頼まれて、こっそり持ち帰ってきました」

「そうだったのか。ひどい目に遭っていないか？」

「平気です。こんなことをしたことがなくて、動悸と息切れをしているだけです」

しばらくしたら落ち着くと言ったら、ミシェル様は小さな声で「よかった」とこぼす。

「それにしても、驚いた。注文書に書かれているこれらは毒だ。しかも、錬金術師が扱う毒だろう」

「それって、どういうことでしょう？」

「まだ、定かではないが、これらの毒物を錬金術で使っている可能性がある」

「！」

デルフィネ様は反魔法派だ。魔法を嫌っていて、使用人が使うことも許さない。

「魔法嫌いは、自身の錬金術による悪事を隠すためかもしれない」

「それは、ありえますね」

ミシェル様は私から手を離すと、今度は深々と頭を下げる。

「よく、これを持ち帰ってくれた。注文書は、我々の切り札となるだろう」

「よかったです」

「潜入調査など、危険なことをさせてしまい、すまなかった。怖かっただろう？」

「いえ、アリアンヌお嬢様のためですので、なんてことないですよ」

アリアンヌお嬢様が安心して生活できるためならば、なんでもできる。そう言ったけれど、手は震えていた。慣れないことだったが、結果を出すことができた。その安堵感から、気づかない振りをしていた不安や恐怖心が、ドッと押し寄せてきたのだろう。

「エリー……」

「す、すみません、すぐに、治まるので」

落ち着け、落ち着けと心の中で繰り返していたが、震えは止まらず。どうすれば治まるのかと考えていたところ、思いがけないことが起きる。

ミシェル様が私をそばに引き寄せ、ぎゅっと抱きしめてくれたのだ。そして、耳元で囁いてくれる。

「もう、潜入調査はしなくてもいい。掃除メイドのマリーの退職願は、こちらで用意しておく。だから、安心しろ」

「はい」

ミシェル様が幼子をあやすように、優しく背中を撫でてくれている。

突然の抱擁はびっくりしたけれど、不思議と震えは止まった。不安や恐怖心も、消えてなくなったような気がする。

レティーシア様にお茶会の招待状を送った翌日、返事が届いたようだ。

「エリー、レティーシアはお茶会に参加してくれるって」

「よかったですね」

「ふふ、楽しみだわ」

よほど嬉しかったのか、アリアンヌお嬢様はくるくると回り、踊るようなステップを踏んでいる。

「レティーシアは何色が好きなのかしら？」

「アリアンヌお嬢様は、薄紅色が好きなんですよね？」

「ええ、そうよ」

私が作った薄紅色の薔薇のプリザーブドフラワーは、私室のテーブルに置いてある。

薔薇の花を見ながらお茶を飲む時間が、最近のお気に入りらしい。

「あ、そうだわ。わたくしも、このプリザーブドフラワーを作って、レティーシアにプレゼントしたいのだけれど、エリー、作り方を教えていただける？」

「もちろんです」

「だったら、今日は歴史とダンスの先生がいらっしゃるから、夕方くらいから薔薇を摘んで、夕食後に作りましょう」

「かしこまりました」

今日もアリアンヌお嬢様はご多忙のようだ。一方、私は掃除メイドの潜入調査をしなくてもよくなったので、そこまで忙しくない。

今日は、午前中は石鹸を作り、午後からは口紅作りを行う予定である。

石鹸作りは、イリスとドリスがメインになって行う。最近、アリアンヌお嬢様の援助で魔法を習い始めた彼女らは、ぐんぐん習得している。石鹸作りに必要な魔法も覚えたので、さっそく実践してもらおうというわけだ。

イリスとドリスは、すでに蒸留室で待っていた。緊張しているのか、口数が少なくなっている。

「あ、カモミールの浸出油《インフューズオイル》、きれいに完成しているみたいですね」

「はい」

「なんとか」

浸出油とは、薬草を油に浸けて成分を抽出したもの。

瓶に薬草とオリーブオイルを入れて密封させ、一ヶ月から三ヶ月ほど置く。魔法が使える場合は、浸出魔法で素早く完成させるのだ。

つい先日、イリスとドリスと一緒にウォール・ガーデンで薬草を採取し、浸出魔法を伝授した。習得した彼女らは、立派なカモミールの浸出油を作ってくれた。

「では、このカモミールを使って石鹸作りをしましょう」

カモミールはリラックス効果があり、抗アレルギー、抗炎症作用がある。さらに、皮膚組織も修復してくれる優れものだ。

ここ最近空気が乾燥しているからか、アリアンヌお嬢様は肌が痒《かゆ》いと感じる日があるようだ。このカモミール石鹸を使ったら、きっと痒みを感じることもなくなるだろう。

「では、始めましょう。石鹸の基本の作り方はわかりますね？」

「う……、はい」

「大丈夫」

イリスとドリスには、何回も私が石鹸を作るのを見せていた。きっと、うまく作れる。

まず、カモミールの浸出油は、油に浸けた花ごと乳鉢で擂《す》り潰し、細かくしておく。瓶を空けると、ふんわりとカモミールの甘い香りが漂った。

「いい香りですね」

「あ、なんだか落ち着いてきた」

「うまく作れそう」

さっそく、カモミールのリラックス効果が現れたようだ。緊張が薄らいだイリスとドリスは、テキパキと準備を始める。

イリスがカモミールの浸出油を擂り潰している間に、ドリスが石鹸の材料を量っていく。

石鹸作りを教えた当初は、苛性ソーダは恐ろしいと怯えていた。今も、完全に恐怖心がなくなったわけではないだろう。けれど、頑張ろうとしていた。そんなイリスとドリスを、サポートする。

「よし、じゃあ、始めよう」

「うん」

きっと大丈夫、成功すると呪文のように呟きながら、苛性ソーダを精製水に加えていた。ここがおそらく、もっとも緊張する瞬間だろう。

特に何も起きなかったので、イリスとドリスはホッと安堵の息をついていた。

作業は順調に進み、石鹸の生地が完成したらカモミールの浸出油を入れる。あとは型に流し入れ、魔法で固める。

最初の魔法はイリスがかけるようだ。呪文は間違えないよう、はっきりと言葉にする。

「――かわききれ、完全乾燥《フル・ドライ》」

石鹸の上に魔法陣が浮かび上がり、パチンと音を立てて弾ける。

「成功したみたいですね」

「やった！」

「イリス、すごい」

「今度はドリスの番ですよ」

「う、うん」

乾燥させた石鹸を切り分け、今度は熟成させる。カモミール石鹸の熟成期間は一ヶ月から一ヶ月半くらい。その辺も細かく調節して、魔法をかける。

ドリスは緊張の面持ちで、呪文を唱えた。

「――ふかまれ、熟成《エージング》」

これも、成功だ。琥珀色の可愛らしいカモミール石鹸が完成となった。

「すごい……私たちだけで石鹸が作れた！」

「奇跡だわ……私たちだけで石鹸が作れるなんて！」

十個完成したので、そのうちのふたつはイリスとドリスの分となる。初めて作る石鹸なので、アリアンヌお嬢様から「成功したら、双子にひとつずつ差し上げて」と言われていたのだ。

「これ、アリアンヌお嬢様の物なのに」

「もらっていいの？」

「はい。アリアンヌお嬢様が、許可してくださいました」

「嬉しい」

「えぇ、伝えておきます」

イリスとドリスの瞳はウルウルしていた。今まで魔法を禁じられ、苦労しながら働いてきたのだろう。彼女らの頑張りが、今、報われたのだ。感慨はひとしおだろう。

なんだか、私までウルウルしてくる。

これからも、アリアンヌお嬢様のためにたくさん美容品を作ってほしい。

「大切に使うから」

午後からは、アリアンヌお嬢様にリクエストされていた口紅を作る。なんでも、アリアンヌお嬢様の薔薇『アリアンヌ』をイメージした色の口紅が欲しいらしい。

たしかに、可愛らしい薄紅の口紅は売っていない。そんなわけで、アリアンヌお嬢様の専属美容師である私が作ることとなった。

口紅の材料は――ヒマと呼ばれる植物から作られたひまし油《キャスターオイル》に、植物から取れる天然の植物蝋《キャンデリラワックス》、人体に悪影響はない酸化鉄や雲母《うんも》から作られた色材《カラーラント》、柑橘の種から抽出したエキスに香り付けのオイルなど。

まず、ひまし油と植物蝋を湯煎で溶かし、かき混ぜる。次に、鉱石を砕いて作った色材を加える。

今回はパールマイカという、薄紅の中に真珠のような輝きを出すものを選んだ。

しっかり混ぜたら、口紅の完成である。鑑定水晶で確認したが、問題なし。

手の甲に塗って、発色を確認した。

「うん、いい感じ！」

きっと、アリアンヌお嬢様もお気に召してくれることだろう。

◇◇◇

夕方から、アリアンヌお嬢様と離れの庭に向かう。本邸ほどではないが、離れにも美しい庭があるのだ。なんでも、病気だったアリアンヌお嬢様の母君の心を和ませるために造られた庭らしい。

「ああ、アリアンヌお嬢様、本日も麗しく」

そう言って深々と頭を下げたのは、庭師のロジーさんだ。今日も相変わらず、紳士である。

「今日は何用で？」

「薔薇の花を摘みにきたの」

「でしたら、今日咲いたばかりの薔薇がございます」

ロジーさんの案内で、薔薇園に向かった。

「こちら、ブリランテという大輪品種でして」

「まあ、素敵！　レティーシアのイメージにぴったりだわ！　名前も、輝かしい《ブリランテ》なんて、あの子のためにあるような薔薇だわ」

「本当に」

赤ではなく、深紅と表現したほうが相応しいゴージャスな薔薇だ。レティーシア様そのものを模したように見える。

「プリザーブドフラワーは、一度色を抜くのよね？」

「ええ。なるべく、この深紅を再現できるように、色づくりに努めますが、同じようにはできないですね」

「そうよね。だったら、形がきれいなものを選ぶわ」

アリアンヌお嬢様は真剣な眼差しで薔薇を見つめている。一日勉強して、ダンスを習って疲れているだろうに、レティーシア様を喜ばせようと頑張っているのだ。

三十分ほど吟味した結果、ひとつの薔薇を選んだようだ。

「これがもっとも美しいわ」

「開ききっていない状態が、今のレティーシア様のようですね」

「わたくしもそう思ったの。早く帰って作りましょう！」

「その前に、夕食ですよ」

「そうだったわ！」

しっかり夕食を食べていただいてから、プリザーブドフラワー作りを行う予定だ。

「だったら、もう戻りましょう」

「そうですね。と、その前に」

ロジーさんとの別れ際に、ポケットの中に入れていた石鹸を差し出した。

「これを差し上げます」

「石鹸ですか？」

「はい。庭師石鹸といいまして、土汚れがよく取れるんですよ」

「へえ、これはまた、すごい石鹸ですねえ」

ガーデナーソープとも呼ばれるこの石鹸は、頑固な土汚れから手足をきれいにしてくれる。メインで使われているのは、トウモロコシを粗挽きにしたコーングリッツ。

庭師石鹸は角質層を取り除く効果がある、強力なスクラブ系石鹸だ。手が荒れないように、保湿効果があるシアバターも入っている。働く人々の味方である。

「ありがとうございます。さっそく、使わせていただきます」

「ええ、ぜひ」

喜んでもらえたようで、よかった。


夕食後、アリアンヌお嬢様は蒸留室へやってきた。可愛らしいフリルの付いたエプロンをかけている。

プリザーブドフラワー作りは苛性ソーダほどの危険な薬品は使わないが、何が起こるかわからないのでしっかり護衛が付いてきた。

ミシェル様はあの美貌なので大変存在感があるが、ほかの護衛騎士は気配を消しているので背後にいても気にならない。アリアンヌお嬢様もまったく騎士の存在を気にせず、リラックスした状態でいる。ありがたいことだ。

「では、始めますね」

「ドキドキするわ」

アリアンヌお嬢様の息が整ったら、作業開始である。

「では、ピンセットで薔薇を摘まみ、ここの薬剤に浸けてください」

「え、ええ」

薔薇の花を薬剤に浸け、魔法をかける。

「では、浸出魔法を展開させるので、少し離れてください」

「わかったわ」

アリアンヌお嬢様は二メートルほど離れ、護衛の背後から様子を窺っている。

「――にじみでろ、浸出《インフューズ》」

これで、薔薇の花色と水分が抜ける。今度は、色を付ける。花びらを深紅に染め、こちらは浸透魔法で色を定着させる。

「――しみこめ、浸透《パーミエーション》」

最後に、乾燥させたら完成だ。

「――かわききれ、完全乾燥《フル・ドライ》」

額の汗を拭う。無事、薔薇のプリザーブドフラワーは完成となった。

「アリアンヌお嬢様、いかがですか？」

いまだ、護衛騎士の背後から覗き込もうとするので、もう大丈夫だと言って完成したばかりのプリザーブドフラワーを持って行った。

「きれい……保存加工した薔薇だなんて、嘘みたい！」

「ええ。美しくできたかなと」

「本当に。きっと、レティーシアも喜ぶわ」

完成した薔薇のプリザーブドフラワーは箱に詰め、丁寧にラッピングを施す。

「レティーシアに贈るのが、本当に楽しみ！」

アリアンヌお嬢様は弾けるような笑顔で、そんなことを話していた。

薔薇のお菓子も完成している。

あとは、お茶会の当日を迎えるばかりである。

第四章　エリー・グラスランド、最終決戦に挑む

ついに、お茶会当日となった。

アリアンヌお嬢様は期待と不安が入り混じっているようで、ソワソワと落ち着かない。

きっと授業に身も入らないだろうと、今日一日休みにしたのは正解だっただろう。

「アリアンヌお嬢様、まだまだ時間があるので、お風呂に入ってゆっくり過ごしましょう」

「朝から、お風呂に？」

「はい。気持ちがいいですよ。それに、とっておきのものを作ったのです」

「何かしら？」

アリアンヌお嬢様の前に、ポケットに入れていた球体を差し出す。

「これは？」

「バスボムです」

「バスボムって？」

「入浴剤の一種です。お風呂に入れると、シュワシュワ発泡するのですよ」

「まあ！　楽しそうだわ」

「さっそく、入りましょう」

メアリーさんがお風呂の準備をしてくれていたのだ。服を脱ぐ前に、バスボムを浴槽に入れてもらう。

「アリアンヌお嬢様、どうぞ」

「ありがとう」

アリアンヌお嬢様は不思議そうにバスボムを眺め、香りをかいでいた。

「薔薇のいい香りがするわ」

「薔薇の精油入りなんですよ」

「素敵ね」

では、というかけ声とともに、バスボムは浴槽に放り込まれる。シュワシュワと発泡する湯の中を、アリアンヌお嬢様は不思議そうに眺めていた。

「ああ、なんて……摩訶不思議なの。それに、お湯に入れたら、薔薇の香りが濃くなったわ」

うっとり眺めていたが、メアリーさんが服を脱がしにやってくる。

「アリアンヌお嬢様、お召し物を脱ぎませんと」

「ええ、そうだったわね」

「お風呂上がりは、蜂蜜薔薇水の化粧ジュレをお肌に塗り込んでくださいね」

「ええ、もちろんよ」

あとは、メアリーさんに任せておこう。

アリアンヌお嬢様がお風呂に入っている間、ドレスを用意しておく。今日は薔薇模様の華やかなものを着るようだ。

髪飾りは、ロジーさんが摘んできた蔓薔薇。小さくて可愛らしい薄紅の薔薇を、アリアンヌお嬢様の髪に飾る。

台所に行ったら、お菓子の甘い匂いで満たされていた。イリスとドリスもお菓子作りを手伝っているようだ。ふたりが考えた薔薇のラングドシャも、お茶会の一品として並ぶ。

お茶会の会場は二階にある、離れの景色が一望できる客間。すでに、円卓と椅子は窓際に用意されていた。内緒話もしたいからと、小さな円卓が用意されている。

円卓には真っ白いテーブルクロスがかけられ、薄紅の薔薇が花瓶に生けてあった。

あとは、お茶とお菓子が運ばれたら、完璧である。

窓をのぞき込んだら、庭先をきびきびと歩くミシェル様の姿を発見した。周辺に危険がないか、念入りに調べているようだ。野ウサギ一匹すら入れないように、厳重大勢を敷いている。

準備は滞りなく進んでいるようなので、私はアリアンヌお嬢様の私室に戻った。

待機していたら、お風呂から上がったアリアンヌお嬢様がやってくる。

「エリー、お風呂、とっても気持ちよかったわ。全身、薔薇の香りに包まれているみたいで」

「お気に召していただけたようで、嬉しいです」

バスボムのサプライズは大成功みたいだ。

お店で買ったら千円から二千円するバスボムも、自分で材料を買って大量生産したら安上がり。社会人時代の週末、私はバスボムをせっせと生産していた。

材料は重曹に柑橘酸、片栗粉に天然塩、無水エタノール、精油と、薬局とスーパーに売っている物だけで手軽に作れるのだ。

肩こりや筋肉痛の時は、ローズマリーとラベンダーのバスボム。

大事な会議がある時は、集中力を高めるミントとローズマリーのバスボム。

疲れがひどい時は、アルファアルファのバスボム。

と、このようにその日の状態によって、いろいろ使い分けていた。

「蜂蜜薔薇水の化粧ジュレを塗ったから、お肌もツルツル、プルプルよ。エリーの美容品はどれもすばらしいわ」

「そのようにおっしゃっていただき、光栄です」

「商売もできそうね」

商売するとなれば、国家錬金術師の許可がいるだろう。今は、内々だけで使っているので問題はないが。

「身支度を整えましょう」

「ええ、お願いね」

まずはドレスを着てもらい、ドレスが汚れないように布をかけてから化粧を始める。

下地のクリームを塗り、白粉をはたいて、頬紅を差す。アイシャドウは三色。明るい薄紅色をアイホール全体に塗り、暗い色をまぶたの内側に塗っていってグラデーションにして仕上げる。

これが、二十代の社会人であればコンシーラーやらフェイスパウダーやら、いろいろ顔面工作をしなければならない。しかし、相手は十二歳の美少女。そのままでも美しいので、化粧は最低限で構わない。

最後に、先日作った口紅を塗る。

「アリアンヌお嬢様、こちらが以前頼まれていた口紅になります」

「まあ、素敵な色合いね。この色、どこにも売っていないの。楽しみだわ」

「では、塗ってみますね」

「お願い」

まずは、ブラシで唇のラインを縁取ってから、少しずつ塗っていく。

仕上げに、特製のグロスを塗った。これで、化粧は完璧である。

「アリアンヌお嬢様、いかがですか?」

「きれい！　素敵な色合いだわ！」

満足してもらえたようで、何よりである。頑張って作った甲斐があったものだ。

髪は左右の髪を三つ編みにして、ピンを使って後頭部で纏める。仕上げに、刺を取った蔓薔薇をティアラのように飾ったら完成である。

髪型も、アリアンヌお嬢様にお気に召していただけたようだ。

そして――レティーシア様が初めて離れを訪問する。

「アリアンヌお義姉様、お招きいただきまして、光栄に存じます」

レティーシア様はドレスの裾を摘まみ、美しい会釈を見せてくれた。

「かしこまらなくてもけっこうよ。レティーシア、来てくれてありがとう」

アリアンヌお嬢様は、晴れ晴れとした笑みを浮かべている。一方のレティーシア様は、緊張しているのか表情が硬い。

本日のレティーシア様は、紫色のドレスに芸術品のように形が整った縦ロールをハーフアップにしている。実に、気合いが入っていた。

そんなレティーシア様はぎこちない様子で、護衛騎士のロランに持たせていた花束をアリアンヌお嬢様に手渡した。

「あの、これを、アリアンヌお義姉様のために、摘んできましたの」

それは、可愛らしいノースポールの花をベルベットのリボンで束ねたものだった。

なんていうか、派手な顔に似合わずささやかな贈り物を用意したようだ。

よくよく見ると、花を束ねたリボンは髪飾りと一緒のものだ。左右に結んだリボンのうちの、片方がない。もしかして、急ごしらえで用意したのか。

「あ、ごめんなさい。私、初めて自分で贈り物を用意しまして……。こんなその辺に咲いているような花なんて、いらな――」

「うれしいわ！　ありがとう！」

アリアンヌお嬢様は、両手でレティーシア様の花束を持つ手を包み込んだ。

「わたくしのために、手を土だらけにしてまで摘んできてくれたなんて……本当に嬉しいわ」

「あ、ご、ごめんなさい。汚れていたなんて、気づいていなくて」

必死になって、花を探して摘んだのだろう。

ノースポールの花言葉は『高潔』。姉妹にぴったりな花なのかもしれない。

すぐさまノースポールの花は花瓶に生けられ、円卓の上に置かれた。

「わたくしも、レティーシアに贈り物があるのよ」

そう言って、アリアンヌお嬢様は木箱に入った薔薇のプリザーブドフラワーをレティーシア様に手渡した。

「これは――」

「あなたをイメージした薔薇なの。プリザーブドフラワーと言って、一年くらい枯れないのよ」

「きれい……。これが、私……？」

「ええ。ブリランテという品種で――」

アリアンヌお嬢様はぎょっとした表情でレティーシア様を見る。レティーシア様が大粒の涙をこぼしていたからだ。

「レ、レティーシア、ど、どうしたの？」

「アリアンヌお義姉様、ごめんなさい……」

「え、何が？」

「王太子妃候補になって、本当に、ごめんなさい」

「え？」

アリアンヌお嬢様が必死になって慰めたので、レティーシア様はすぐに泣き止んだ。

「わ、私は、別に、王太子様と結婚したいわけでは、な、なくて……。王太子様と結婚したら、す、好きな人を、そばに置けるって、お母様が言う、から……」

せっかく泣き止ませたのに、レティーシア様は再び泣きだす。

一方、アリアンヌお嬢様は、貴族のリアルな内情を呟いた。

「ま、まあ、高貴な身分の方には、愛人がつきものだから、嘘ではないとおもうけれど……」

貴族の結婚は家と家の結びつきを作る手段。愛あるものではない。そのため、結婚生活と愛を別々のものと捉えている人が多い。

うちの両親は幼馴染み同士の結婚で、夫婦仲もよかった。けれど、そういう夫婦は稀なのだろう。

「アリアンヌお義姉様は性格がよくて、お美しくて、寛大で、賢くて、完璧な王妃の器だというのに、私とお母様が横槍を入れる形になってしまって……申し訳ないと」

「レティーシア、いいのよ。わたくしは、あなたが王太子妃候補になってくれたおかげで、より一層自分磨きができているの。今までは、自分ひとりだけだったから、最大の努力というものが、できていなかったのよ。だから、ここに来てくれて、ありがとう。これからも、よろしくね」

「アリアンヌお義姉様～～！」

レティーシア様はアリアンヌお嬢様に抱き着き、さらにわんわんと泣き始めた。

今度は、落ち着くまで時間がかかってしまった。

そして、一時間半後に、ようやくお茶会が始まった。ふたりは本当の姉妹のように、仲睦まじい様子を見せている。

たっぷり三時間ほど、おしゃべりを楽しんだようだ。

アリアンヌお嬢様と別れたレティーシア様は、私とミシェル様に話があるという。

深刻な表情で、今すぐ聞いてほしいと訴えてきた。

アリアンヌお嬢様の耳には入れたくないようなので、使用人の休憩室に案内する。

護衛騎士のロランには、扉の前で見張り役をしてもらった。

「すみません、散らかっていますが」

「いいえ、よろしくってよ」

暖炉の火で、蜂蜜たっぷりのホットミルクを三人分作る。

「それで、お話とは？」

レティーシア様はドレスのスカートを、ぎゅっと握りしめる。

ミシェル様とふたり、話し始めるのを静かに待った。

「私――この前見てしまいましたの。お母様が夜中に、公爵家の蒸留室で怪しい薬を作っていたのを」

「デルフィネ様が……？」

「魔法を、使っていたようにも見えました」

デルフィネ様は反魔法派で、魔法嫌いなので有名だ。それなのに、魔法を使って何かを調剤していたという。

出来上がった物は、ルメートル公爵に持って行ったらしい。

「驚きましたわ。お医者様の薬ではなく、お母様が作った薬を飲ませていたなんて……」

その翌日、ルメートル公爵の体の具合が悪くなったらしい。

「信じたくはないけれど、お母様は何か、お義父様の体調が悪くなるお薬を飲ませているのではないかと思って……」

レティーシア様はハンカチに包んでいた何かを、テーブルの上に出した。

「これは、お義父様に飲ませていた薬を包んでいた紙ですわ。少しだけ、残っていますの」

これが何なのか、調べたいという。

「ミシェル様は、錬金術師の知り合いはいらっしゃいますか？」

「いる。調査も可能だろう。その前に、錬金術師から預かった道具で、調べることもできる。エリー、鑑定水晶は持っているか？」

「はい」

ポケットの中から、鑑定水晶を取り出す。すぐに、残っていた薬を紙ごと水晶に付けた。

「もしも毒であれば、紫色に光るようになっている」

レティーシア様は水晶の様子を、神妙な面持ちで見つめていた。

水晶は、紫色に光ってしまった。レティーシア様は瞳に落胆の色をにじませていた。

「レティーシア様、こちらの薬を、国家錬金術師に成分を調査させるためにいただいても？」

「ええ、構いませんわ……あと、これも調べていただける？」

リボンがかけられた小箱を差し出す。

「こちらは？」

「アリアンヌお義姉様へのお土産ですわ。お母様が、用意していましたの」

レティーシア様はリボンを解き、蓋を開ける。中に入っていたのは、香水だった。

これも、鑑定水晶で確かめる。すぐに紫色に光った。

「やはり、これも毒でしたのね。……お母様、どうして……」

レティーシア様の眦から、ひと筋の涙が流れた。

「お義父様とアリアンヌお義姉様を、亡き者に、しようとしていましたの？」

その問いかけに、何も返す言葉がない。

「た、大変ですわ！　今までも、アリアンヌお義姉様に、母が用意した物を差し上げていて――」

「大丈夫です。それらの品々でしたら、処分しましたので」

「そ、そう。よかったですわ」

香水も預かり、調査することにした。

「私は、知らなかったとはいえ、なんて、大変なことをしていたのか」

「気づいていただいただけでも、こちらとしては助かります」

「ええ。お義父様が、再婚前と再婚後で、見た目も中身も変わってしまったことが、ずっと気になっていて……」

原因は何かと独自に調査をしていたら、デルフィネ様の凶行に気づく。反魔法派を主張していたのは、デルフィネ様自らが錬金術師であることを隠すための工作だったようだ。

「もう、アリアンヌお義姉様に合わせる顔がありませんわ」

「いいえ。こんな時だからこそ、姉妹ふたりで協力し合うべきだと私は思います」

ミシェル様も、コクリと頷いている。アリアンヌお嬢様には後日、話をするようだ。

「アリアンヌお嬢様は強い御方です。きっと、この問題も乗り越えてくれるでしょう」

「ええ……」

早急に手を打たなければならないのは、ルメートル公爵だろう。毒を飲まされ、日に日に弱まっているに違いない。

「ただ、医者を寄越しても、デルフィネ様が受け入れなかったら意味がないですよね」

「その件に関しては、実家の母の手を借りようと思っている」

「それは名案です！」

デルフィネ様に太刀打ちできる人物なんていないと思っていたが、ラングロワ侯爵家の大奥様だったら大丈夫だろう。なんたって大奥様は現国王の妹君で、社交界の裏ボスとまで言われている。きっと、持ち前の手腕でどうにかしてくれるだろう。

「レティーシア様、この先大変なことになるかもしれませんが……」

「覚悟の上ですわ」

初めこそ涙を浮かべ不安そうにしていたレティーシア様だったが、最後は力強くまっすぐな目を向けて言ってくれた。彼女もまた、変わろうとしているのだろう。

「では、また」

「ええ、ごきげんよう」

今日のところは、これにて解散となった。

「やはり、アリアンヌお嬢様に毒物を仕込んだ品物を送っていたのは、デルフィネ様だったのですね」

「愚かなことを」

一刻も早く、解決してほしい。しかしそのためには、証拠が必要だ。

国家錬金術師であるソールさんに、薬物についての調査書を書いてもらうようだ。

ミシェル様はすぐに、届けにいくという。

「エリーは、アリアンヌお嬢様のそばにいてくれ」

「はい、わかりました」

事態が、大きく動こうとしていた。

◇◇◇

アリアンヌお嬢様は、ルメートル公爵の誕生会を楽しみにしているようだ。

今日はレティーシア様と一緒に、プレゼントのタイに刺繍を入れている。

「レティーシア、それ、猫？」

「犬ですわ」

「あら、ごめんなさい」

レティーシア様は、アリアンヌお嬢様と違って裁縫が苦手のようだ。眉間に皺を寄せ、真剣な眼差しで縫っている。

微笑ましい会話をしつつ、せっせと針を動かしていた。

今日、レティーシア様はアリアンヌお嬢様に例の話をすると言っていた。果たして、アリアンヌお嬢様はどのような反応を見せるのか。

レティーシア様の顔は、緊張で強張っている。大丈夫だろうか。

そんなことを考えていたら、イリスとドリスがお茶とお菓子を持ってきた。

リラックス効果があるチョコレートとアーモンドを使ったケーキだ。それに、鎮静効果のある紅茶を添えて出す。

レティーシア様はきっと緊張しているだろうからと、作るように頼んでいたのだ。

イリスがお茶を出し、ドリスがお菓子を置いているとレティーシア様がハッとなる。

「あら、あなたたちは――」

イリスとドリスに、レティーシア様が気づいたようだ。

「アリアンヌお義姉様のところで、働いていましたのね」

「ええ。クビになるって聞いて、可哀想になったから」

「そう……。悪いことをしたわね。ごめんなさい」

レティーシア様が、イリスとドリスに頭を下げる。ふたり共、びっくりして目を見開いていた。

「公爵家にやってきて、思うようにいかないことばかりで、イライラしていたの。本当に、ごめんなさい」

「こちらこそ、ごめんなさい」

「私たちも、粗相をしたことには、間違いはないので」

このふたりと、レティーシア様の確執も気になっていたのだ。

双方、モヤモヤがなくなったようで、晴れやかな表情をしている。この件については私も気になっていたので、よかったよかったと安堵してしまった。

そして、レティーシア様は本題へと入るようだ。

「あの、アリアンヌお義姉様。お話ししたいことがありまして」

「何かしら？」

「あの……その……」

「言いにくいことなの？」

「え、ええ」

「だったら、今日じゃなくてもいいのよ。レティーシアが言いたい時に、言いなさいな」

「ですが、今日、お伝えしたいなと」

「そう」

以降、レティーシア様は押し黙る。いまいち、決心がついていないのだろう。アリアンヌお嬢様はたいして気にせず、チクチクと刺繍をしている。

「それにしても、お父様、大丈夫かしら。最近、お医者様が毎日やってきていると聞いたけれど」

つい先日、ラングロワ侯爵家の大奥様が医者と共に公爵家に押し入り、問答無用で診断を受けさせた。公爵は憔悴《しょうすい》しきっていて、危ない状況だったらしい。まったく言葉をしゃべれない状態まで悪化しているようだ。

デルフィネ様は、今までの診断書を提出し、きちんと医者の治療を受けていたことを主張していたのだとか。

自分が責められないよう、用意周到だったわけだ。

現在、公爵は治療中だ。毒が抜けきるまで、しばし時間がかかるだろうけれど。

レティーシア様が毒入りの薬を持ってきてくれたおかげで毒の種類がわかり、治療も手早く行えたようだ。

「その件に関連しているのだけれど、実は、私のお母様が……その……」

「お父様に、何かしていたの？」

「え、ええ。薬に毒を、盛っていたようなの」

「な、なんですって⁉」

「ご、ごめんなさい」

「な、なぜ、お父様に、毒を？」

「たぶん、公爵家を思うように操るためだと」

「まあ！」

しばし、アリアンヌお嬢様は絶句していた。それだけ、衝撃的な情報だったのだろう。

「アリアンヌお義姉様……ごめんなさい。本当に、ごめんなさい」

「どうしてレティーシアが謝るの？　あなたはまったく悪くないじゃない」

「わ、私のお母様がしたことだし……」

「それでも、あなたは悪くないのよ。罪は、その人だけのもの。家族は、関係ないの」

「でも、お母様は、わ、私を王太子妃にするために、こ、こんなことを、したのかもしれませんの」

「そうだとしても、それはあなたがお父様に毒を盛ってと望んだことではないのでしょう？」

「ええ……」

「だったら、まったく関係ないわ」

複雑な思いが錯綜《さくそう》しているのだろう。レティーシア様は唇を噛みしめ、押し黙っている。

「大丈夫。わたくしは、あなたの味方だから」

アリアンヌお嬢様はそう言って、レティーシア様の背中を優しく撫でる。

「も、もうひとつ……」

「いいわ。あなたは悪くない。悪くないから、これ以上、何も言わなくていいの」

「で、でも……」

「絶対に、悪くないわ」

アリアンヌお嬢様はなんて懐の深い御方なのか。レティーシア様は何も悪くないと言って、すべてを赦してくれた。

「なぜ、アリアンヌお義姉様は、私を信じてくださるの?」

「それはわたくしが――妹ができて嬉しいと言った時、あなたはもじもじしながらも、柔らかくはにかんでいたでしょう?」

「お、覚えていません」

「そう? その笑顔がとっても愛らしかったから、わたくしは何があっても、この可愛い妹を信じ、守ろうと決めていたのよ」

「そう、でしたのね」

「ええ」

アリアンヌお嬢様にとってレティーシア様は、ライバルであり、世界で立ったひとりの妹なのだろう。

ふたりの間にはきっと、目には見えない絆のようなものがある。この先もきっと、その絆が途切れることはないだろう。

「でも、お父様は具合が悪いだけで、お母様やわたくしのことが嫌いになったわけではなかったのね。よかったとは言えないけれど、ホッとした」

アリアンヌお嬢様は、レティーシア様に「ありがとう」とお礼を言った。

「そんな、お礼を言われるようなことでは」

「でも、言うまでにとても勇気がいったでしょう？」

「それは……」

「あなたが言わなかったら、バレなかったのに」

「それはそうですが、見ない振りはできません」

「でしょう？　だから、ありがとうで合っているのよ」

「アリアンヌお義姉様～～！」

「もう、泣かないのよ」

そう言って、アリアンヌお嬢様はレティーシア様をぎゅっと抱きしめた。

話を聞いていたら、アリアンヌお嬢様は天使か何かの生まれ変わりなのではと思ってしまった。

前世でどんな得を積んでいたら、こんなにも穏やかで優しい人になれるのか。

私も見習いたい。

◇◇◇

ルメートル公爵の体内にある毒は、日に日に抜けつつあるらしい。今日は国家錬金術師のソールさんがやってきて、解毒薬を処方してくれた。

しかし、いまだ意識は朦朧としている。お見舞いにやってきたアリアンヌお嬢様のことはわからないようだった。

アリアンヌお嬢様はルメートル公爵の状態を見て、つきっきりで看病することを決意したようだ。レティーシア様も、アリアンヌお嬢様のことを支えようと、いろいろ手伝いをしている。

そんな中で、デルフィネ様は不審な行動を見せている。

夜に出かけ、朝に帰って来ることが多くなったという。宝飾品も質に出しているらしい。もう、悪事がバレるのも時間の問題だと思っているのだろうか。


アリアンヌお嬢様の看病は一ヶ月続いた。ルメートル公爵の毒はきれいに抜けきり、起き上がることができるまで回復していた。

ただ、記憶に障害があるようで、アリアンヌお嬢様のことが誰だかわからない状態であるという。

穏やかさを取り戻したルメートル公爵は、アリアンヌお嬢様を、「親切なお嬢さん」と呼んでいる。レティーシア様のことも同様に。

ただ、幼い頃のアリアンヌお嬢様の記憶はあるようで、時折懐かしそうな顔をして語りだすことがあるようだ。

今日も「私の愛らしい娘は、どこに行ってしまったのか」とアリアンヌお嬢様の前で話していた。

さすがのアリアンヌお嬢様も、つらそうだった。そういう時は、レティーシア様が一生懸命に元気づけている。

そんな中で、驚きの一報が入る。デルフィネ様が、ルメートル公爵の誕生日パーティーを予定通り行うというのだ。

ルメートル公爵は確かに元気になった。ここ数日は、歩き回れるまで回復している。アリアンヌお嬢様がルメートル公爵の腰を支え、散歩をする様子は使用人の涙を誘っていた。

一時期はどうなるかと思っていたが、奇跡の回復を遂げている。

社交界でもルメートル公爵を心配する声が高まっていたので、元気な姿を見せることはいいことだろう。

しかし、しかしだ。まだ、ルメートル公爵の精神状態は完全ではない。

それなのに誕生日パーティーを開催するなんて……。いったい、デルフィネ様は何を考えているのだろうか。

前向きなアリアンヌお嬢様ですら、不安に思っている。

「エリー、お父様は、本当にパーティーに参加して大丈夫なのかしら？　まだ、もうちょっと時間を置いたほうがいいと思うのだけれど」

「そうですね。まだ、万全ではないので心配です。お医者様が驚くほどの回復力を見せているようですが……」

「そうだわ。お義母様に考え直すよう、お話ししてこようかしら」

「それは――」

意見なんかしたら、今以上に逆に反感を抱かれるかもしれない。触らぬ神に祟りなし、だろう。

しかし、なんと言えばいいのか。考えているところに、ミシェル様がアリアンヌお嬢様を諫《いさ》める。

「アリアンヌお嬢様、デルフィネ様の決定に、意見はしないほうがいいかと。ただでさえ、アリアンヌお嬢様の立場は強いものではありませんから。父君が心配な気持ちは重々承知の上ですが、まずはご自身の保身を第一になさってください」

「そうよね。ごめんなさい」

デルフィネ様に意見することは諦めたようで、ホッとする。私だけでは、きっと止めることは難しかっただろう。

「わたくしは、無力だわ」

「そんなことないです。ルメートル公爵が散歩できるまでに回復できたのは、アリアンヌお嬢様の看病の賜物ですよ」

「そう、だといいのだけれど……」

アリアンヌお嬢様の心配をよそに、パーティーの準備は進んでいく。

そしてとうとう、パーティー前日を迎えてしまった。

「お父様、元気になったといっても、まだまだ顔色が優れないから、参加者たちが驚かないか心配だわ」

「でしたら、顔色をカバーする白粉を作ってみますか？」

「それって、お父様専用の白粉ってこと？」

「ええ、そうです」

「いい考えだわ。作りましょう！」

そんなわけで、離れに戻ってルメートル公爵専用のファンデーションを作ることになった。

蒸留室にて、リキッドファンデーション作りを行う。

「本日は液体状の白粉を作ります」

「液体状って、初めて聞くわ」

「粉よりも伸びがよくて、さらっとした着け心地なんです」

「そうなのね」

私はずっとリキッドファンデーション派だった。だが、なかなか肌に合ったものがなく、最終的に自作するようになったのだ。

「ではまず、肌の色材を調合して、混ぜ合わせることからしましょう」

血色がいい肌の色合いの色材と顔料を、ゴム手袋をした手でしっかり混ぜ合わせる。

「エリー、混ぜるのは、わたくしにやらせて」

「ええ、では、お願いいたします。材料を潰すように、しっかり混ぜてください」

「わかったわ」

アリアンヌお嬢様は、ドレスの袖を捲って張り切って材料を混ぜてくれる。

「よく混ざったら、この白い粉を入れます」

「それは？」

「コーンスターチ、トウモロコシから作ったでんぷんです」

「え、トウモロコシの粉を使うの？」

「はい。通常の化粧品にも、基礎成分として使われておりますよ」

「そ、そうなのね。驚いたわ」

コーンスターチは料理のとろみ付けや、お菓子の凝固剤として使われている。ほかに、工業などでも接着剤として利用しているとも聞いたことがあるような。

そんなコーンスターチを入れて、さらに混ぜ合わせる。

「ある程度混ぜたら、今度はガラスボードに移して、ヘラで擂り合わせるようにして、滑らかにしておきます」

私がやってみせたあと、アリアンヌお嬢様も挑戦する。

「これ、なかなか、難しいわ」

「何回も繰り返していたら、うまくできるようになりますよ」

アリアンヌお嬢様は、真剣な眼差しで作業を進める。

「エリー、これでいい？」

「はい、うまくできています」

アリアンヌお嬢様は飲み込みも早く、手先も器用だ。初めての作業も、物怖じせずにどんどん進めている。優秀な生徒だった。

「何？　じっと見つめて」

「いえ、なんでもないです。次の工程に移りましょう」

ミルクローションと保湿潤滑剤をボウルに入れてかき混ぜ、そこにファンデーションを加える。

最後に、天然の防腐剤であるグレープフルーツの精油を入れたら完成だ。

「液体白粉の完成です」

アリアンヌお嬢様は、達成感に満たされた表情を浮かべていた。額に汗がにじんでいたので、ハンカチで拭って差し上げる。

「これで、当日は顔色の心配をしなくてもいいのね」

「はい」

「別の心配事は山盛りだけれど」

「ええ……」

「でも、うじうじばかりもしていられないわ。わたくしにも、できることがあると気づいたから」

「アリアンヌお嬢様……」

本当に、お強くなられた。ここに来た当初の、喪服を着ていた少女と同一人物とは思えない。

「エリー、ほかに、お父様のためにできることはあるかしら？」

「最近よく冷えるので、薬草足湯でも作ってみます？」

「足湯って？」

「足だけ浸かるお湯のことです。足には体の内部とつながるツボがありまして、足を効果的に温めることによって、健康になると言われています。足は、第二の心臓とも呼ばれるほど、大切な場所なのです」

「そうなのね！」

まずは冷えを改善する薬草足湯から作ってみたらどうだろうかと、提案してみた。

「必要なものは、薬草と精油、塩、重曹ですね」

「薬草はウォール・ガーデンにあるかしら？」

「あるはずです。今から採りに行きましょう」

籠を持ち、ウォール・ガーデンに向かう。ちょうど庭師のロジーさんが作業をしていたので、薬草のある場所を聞いてみた。

「ロジーさん、すみません、ローズマリーはありますか？」

「ええ、ございますよ」

針葉樹の葉に似ている薬草、ローズマリー。ひと房鋏《はさみ》で切り取り、アリアンヌお嬢様に見せる。

「ローズマリーは細胞再生、解毒作用、循環促進など、さまざまな作用があります。若さと健康の妙薬とも呼ばれているのですよ」

「そうなのね」

「たくさん採って、ルメートル公爵様に持って行って差し上げましょう」

「ええ！」

精油を作る分と、足湯用と、たくさん採らせてもらった。

アリアンヌお嬢様はにっこりと微笑み、ロジーさんにお礼を言う。

「ロジー、ありがとう」

「いえいえ、ここの薬草が、お役に立てたのならば幸いです」

ロジーさんと別れ、公爵家の本邸へと向かった。

ルメートル公爵は今、読書をしているようなので、すぐに足湯を用意することにした。

「足湯には、生のローズマリーに、スコッチパインとビターオレンジの精油、塩、重曹、だったかしら？」

「はい、その通りです」

台所でヤカンに入っている湯をもらい、桶に注ぐ。このままでは熱いので、水で薄めた。ここに、ローズマリーと精油、塩、重曹を加えて混ぜる。

ローズマリーは布に包まず、そのまま入れた。足の裏でローズマリーを感じるのも、いい刺激になるだろう。

「とてもいい匂いだわ」

「アリアンヌお嬢様も、夜に試してみますか？」

「いいわね！　ホットミルクを飲みながら足湯に浸かっていたら、体がポカポカになりそう」

そんな話をしている間に、ローズマリーの足湯は完成した。すぐさま、ルメートル公爵のもとへ持って行く。

ルメートル公爵は窓際で本を読んでいた。もう、ずっと起きていられるほど元気になっているようだ。

「ごきげんよう」

「ああ、お嬢さんか。今日は、どうしたんだい？」

「足湯を持ってきたの。ポカポカになるはずよ」

「足湯か……初めて聞くな」

ルメートル公爵の足元へ持って行き、足湯の説明をする。

「こちら、薬草入りのお湯でして、十分ほど浸かっていると、体の冷えが改善されます」

「なるほど。言われてみたら、足先は冷えている気がする」

「お靴と靴下を、脱がせてもいいかしら？」

「悪いね」

「よろしくってよ」

ルメートル公爵の靴の紐を解き、丁寧に靴と靴下を脱がせる。アリアンヌお嬢様が「どうぞ」と言ったら、公爵はゆっくり足湯に浸かっていた。

「ああ、これは、温かくて気持ちがいい。香りもいいね」

「体にいい、ローズマリーがたくさん入っているのよ」

アリアンヌお嬢様が笑顔を浮かべると、ルメートル公爵もつられて微笑む。親子の様子に、心が温まった。これで、記憶がもとに戻ればいいのだけれど……。

「湯の中の薬草を踏んでいると、なぜかとても、懐かしい気持ちになる」

そういえば、アリアンヌお嬢様が草原にピクニックに行った時に、ルメートル公爵と裸足で追いかけっこをした話をしていたような。その日の記憶が甦ってきたのか。

「私は、アリアンヌと、妻と――ううっ！」

「お父様！」

ルメートル公爵は頭を抱え、苦しみだす。

もしかして、記憶が戻りかけているのか。護衛を呼び、ルメートル公爵を寝台まで運んでもらった。アリアンヌお嬢様は、再びつきっきりで看病していた。

夜――公爵邸は静まり返っている。アリアンヌお嬢様は、疲れて眠ってしまった。

ミシェル様が寝室へと運び、メアリーさんがそばに付いてくれている。

「エリー、いろいろと、ご苦労だった」

「いえ……、私は何も」

ミシェル様はこのままアリアンヌお嬢様の護衛に就くらしい。

「エリーは、離れに戻るのか？」

「はい」

「あと三十分で休憩時間となる。待っていてくれたら、離れまで送るが？」

「いえ、大丈夫です」

「しかし――」

「ミシェル様は心配症ですね。私の父のようです」

「父……」

そう言ったら、引いてくれた。ミシェル様は忙しいのに、私に構っている場合ではないだろう。

「では、また明日」

「ああ」

ミシェル様と別れ、離れに戻ることにした。

公爵家の螺旋階段を下り、長い廊下をトボトボと歩く。

なかなか、事態は思うようにいかない。ルメートル公爵の記憶さえ戻ったら、あとはデルフィネ様の罪について聞いてもらい、どうするのか判断できるだろうけれど。

「あなた――」

「！」

突然の人の気配に驚く。デルフィネ様が、腕組みして私を睨みつけていた。

「掃除メイド、マリーは、あなただったのね。それから、商人からの注文書、あなたが持っていたことは耳に入っているわ」

ドキン！と、今までにないほど心臓が大きく鼓動する。どうやら、潜入と注文書を持ち帰ったことがバレてしまったようだ。

「こっちに来なさい！」

「きゃあ！」

デルフィネ様はひとりではなかった。数名の男を引き連れていた。私を羽交い締めにし、どこかへ連行しようとしている。

「こんな子ネズミ、さっさと処分しておけばよかったわ！　本当に、目障りな女！」

「あなたは、なぜ、こんなことを――」

「お黙りなさい！」

パン！と音が鳴り、頬に鋭い痛みが走った。頬がチリチリと痛む。どうやら、デルフィネ様の長い爪が、叩いたのと同時に頬を切り裂いたようだ。傷は深かったようで、頬に生温かい血が伝っていくのを感じた。

目と口を布で塞がれ、手も縛られる。

「むぐう……！」

「まさか、私以外に錬金術を使える者がいるなんて、思いもしなかったわ」

「錬金術で人の心を掴み、ぬくぬく暮らすのは、さぞかし楽しかったでしょう？」

「うう……！」

「みんなすっかり騙されて、馬鹿よね」

「ふぐぐ〜〜！」

私を悪く言うことは構わない。けれど、ほかの人の悪口は絶対に赦さない。

「うるさいわね」

足をばたつかせていたら、腹部に鈍い衝撃が。おとなしくさせるために、私のお腹を殴ったようだ。

「ふぐ、うぐ……」

無念なり。言葉にならない言葉をうめいて、私は意識を手放した。

◇◇◇

ざわざわ、ざわざわざわと、人のざわめく声で目を覚ます。

ここは、いったい……？

手足は動かないが、目隠しは外されているようだ。ただ、周囲は暗い。足を伸ばしてみたら、ガシャンと鉄のような硬い物に当たった。頭を傾げてみると、同じように鉄らしき物に当たる。

どうやら私は、箱型の鉄格子の中に閉じ込められているようだ。おそらく、上から黒い布を被せてあるのだろう。

周囲の会話に耳を傾ける。

「ルメートル公爵はずいぶん具合が悪いという噂を聞いたが、本当に大丈夫なのか」

「議会もずっと休んでいるらしいからな」

「しかしまあ、その噂もあと数分後には真相がわかるだろう」

おそらく、ここは公爵家のパーティー会場だ。私はたぶん、参加者に用意された軽食が置かれたテーブルの下に入れられているのだろう。

ということは、私はデルフィネ様に捕まって、一夜を明かしたことになる。

「ああ、レティーシア様だ」

「なんと、艶やかな薔薇のような美しさだ」

「突然王太子妃候補になったと聞いた時は驚いたが、実際に見たら公爵の英断も頷ける」

レティーシア様が来ていると。

「うむ、うぐぐぐ！」

レティーシア様の名前を叫びながら鉄格子をガンガン叩いたが、会場が騒がしいので私が発する物音は周囲に聞こえていないようだ。

アリアンヌお嬢様は、私が戻っていないと聞いて心を痛めているだろう。

ミシェル様が送ると言った時に、お言葉に甘えていたらこんなことにはならなかったのに……。あの時の判断を、今になって悔やむ。

そろそろパーティーが始まるのだろう。周囲がだんだんと静かになる。存在を主張するならば今だ！　そう思って鉄格子を思いっきり蹴ったが、それと同時に楽団の演奏が始まってしまった。本当に、ついていない。

ルメートル公爵がやってきたのか。大きな拍手が鳴り始める。

「おお、アリアンヌ様、なんという美しさなのか！」

「レティーシア様も美しいが、アリアンヌ様も美しい」

「あの、サクランボのような唇が、なんて愛らしいことか！」

会話を聞いて、少しだけホッとする。アリアンヌお嬢様は、きちんと着飾ってパーティーに挑んだようだ。私が作ったパールピンクの口紅も、使ってくれたようで嬉しい。

演奏が終わり、聞こえてきたのはデルフィネ様の声だ。

「みなさま、ようこそいらっしゃいました。予定通り、夫の生誕パーティーを開催することができて、本当に嬉しく思いますわ」

再び、喝采《かっさい》に包まれる。

「パーティーが始まる前に、ひとつ、残念なお知らせがありますの。それは、夫の病気と王太子妃候補に関するもので――」

ものすごく嫌な予感がする。デルフィネ様は、何をお知らせしようとしているのか。

「我が家に、悪しき錬金術師が入り込んでいたようなのです」

ざわざわと、会場は再び騒めきに包まれる。

「捕まえた錬金術師を、皆様にお見せしてちょうだい！」

バタバタという足音と共に、周囲にいた男性たちの「うわ！」や「おお！」という驚きの声も聞こえてくる。

格子の箱が動き、上に掛けられていた黒い布が外された。

今まで暗い中にいたので、周囲の明るさを眩しく感じる。

「彼女は――アリアンヌの侍女ですわ！　夫に毒を盛り、亡きものにしようとした挙げ句、王太子妃候補のアリアンヌに味方し、怪しい薬を使って美しさを偽造しましたのよ！」

注目が、アリアンヌお嬢様に集まる。

「父親の再婚がおもしろくなかったのでしょう。だったら、手っ取り早く殺して、爵位を得たほうがずっとよかったのでしょうね」

この国は、女性にも継承権がある。公爵家のひとり娘であるアリアンヌお嬢様は、次期公爵となる予定だった。それを逆手に取られるなんて。

「伯爵家上がりの娘に王太子妃の座を取られないように、錬金術師の力を借りて美しくなろうとしていたようですわよ」

アリアンヌお嬢様は、青い顔で立ち尽くしたまま。ミシェル様の姿は見えない。

「どちらが王太子妃にふさわしいか、一目瞭然でしょう」

参加者はあっさりと、デルフィネ様の言葉を信じてしまう。アリアンヌお嬢様に向かって、卑怯だと罵声を浴びせる者もいた。

悔しい。私が捕まったせいで、こんなことになってしまうなんて。

そんな中で、デルフィネ様の前に立ちはだかる人物が現れる。レティーシア様だ。

「お母様、何をおっしゃっているの？　アリアンヌお義姉様が、不正なんてするわけがないでしょう？　侍女だって、悪い錬金術師ではありませんわ！」

レティーシア様が味方をしてくれるなんて。胸が熱くなる。

「ロラン、侍女を助けなさい」

「は？」

「早くなさい、この駄犬！」

「あ、ああ。わ、わかったよ」

レティーシア様の専属騎士であるロランさんが、参加者をかき分けて私のもとへと駆けてくる。それを止めるのは、私の周囲にいたデルフィネ様の手下の男たちだ。

多勢に無勢。瞬く間に、ロランさんは取り押さえられていた。

やはり、ダメだったか。

ガッカリし、落胆していたところに、まさかの展開となる。

「エリー！」

皆の注目がレティーシア様とロランさんに集まる中で、ミシェル様が私のもとへとやってきた。

「今、出してやるから」

声をかけてくれているのに、言葉にならない。

それどころか、ミシェル様を見たら、涙がポロポロと流れてしまった。

鍵が開けられ、体を引き寄せられる。口の布が外され、手足の拘束からも解放された。

「よく、頑張った。今日でもう、終わりだ」

それは、どういう意味なのか。立ち上がろうとしたら、ふわりと体が宙に浮いた。

ミシェル様が私をお姫様抱っこして持ち上げてくれたのだ。

「お前たち、何をしているの？　錬金術師が檻から出ているじゃない！　危険な無差別殺人の錬金術師なのよ！」

デルフィネ様は、ヒステリックになって叫ぶ。

「社交界で暗躍《あんやく》する、悪女ですわ！」

「――やめて！　わたくしのエリーは、悪い人じゃない！」

アリアンヌお嬢様が、私を庇ってくれる。デルフィネ様のもとに行って、片膝を突いて祈りを捧げるような姿勢で叫んでいた。

「お願いだから、エリーを悪く言わないで。彼女は何も悪いことはしていないわ！　嘘じゃないの。わたくしの命を、懸けられるわ！」

「アリアンヌ、あなたは、そうやっていい子の振りをして、周囲から同情されようとしているのね。あの錬金術師がいないと、美しさを保てないから、困るのかしら？」

「止めて！　もう、何も言わないで！」

「黙りなさい！　黙らないと――」

デルフィネ様が手を上げる。その瞬間、声が上がった。

「デルフィネよ、いい加減にしないか！」

その声は、ルメートル公爵のものだった。

「自分のやったことを棚に上げて、罪もない者を糾弾《きゅうだん》して、娘を貶めて、そんなことが赦されると思っているのか？」

「だ、旦那様、な、なんのこと、ですの？」

「私に毒を盛っていたのは、デルフィネ、お前だろう？」

「わ、私が、旦那様に毒を盛るわけがないですわ」

「嘘をつけ！　お前が手渡してきた薬を飲んだあと、具合が悪くなっていたのだ。その件に関しては、日記に記録を付けている」

「で、ですが、どこに、そんな根拠が……」

「根拠ならば、ここにあるよ」

そう言って出てきたのは、少年国家錬金術師のソールさんだった。

「公爵夫人の名で注文された薬品と、公爵に手渡していた薬の成分が一致している。残念ながら、これらは毒だ。注文書の直筆サインもある」

「そ、それは、私を陥れようとした錬金術師の工作で――！」

「お前の愛人共も、共犯者であると罪を自供しているぞ」

ぞろぞろと、十名ほどの若い男性がでてきた。彼らは全員デルフィネ様の愛人らしい。

「いや……まさか、十人も愛人がいたなんて。むしろなんかすごい……」

「エリーが来た日、堂々と公爵家の庭に連れ込んでいて、ほとほと呆れたがな」

「あ、やっぱりミシェル様も気づいていたのですね」

「当たり前だ」

騎士たちがやってきて、デルフィネ様は拘束される。

「きゃあ！　触らないで！」

「いいから、来るんだ！」

あっという間に、デルフィネ様は騎士に連行された。

アリアンヌお嬢様を、ルメートル公爵が抱きしめる。

「アリアンヌ、すまなかった……」

「お父様！」

小さな子どものように、アリアンヌお嬢様はわんわん泣き始める。今まで、不安だったに違いない。

「ルメートル公爵の記憶が戻ったのは、奇跡のようだ」

「ですね……」

参加者たちは、アリアンヌお嬢様とルメートル公爵を温かい目で見つめている。

「あれ、なんか皆、意外と落ち着いていますね」

「参加者は全員、侯爵家の親戚と騎士団関係者だ」

「ええっ！」

「公爵夫人が何か行動を起こすならばパーティー当日だろうと、いろいろ仕込みをしていたのだ」

「そう、だったのですね」

「黙っていてすまなかった」

「いえ……」

「エリーが攫《さら》われてしまったのは想定内で、すぐにでも救出したかったのだが、母に止められて……」

「な、なるほど」

作戦の考案と指揮者はラングロワ侯爵家の大奥様だったらしい。私はどうやら犯人を炙り出すおいしい餌だったのだ。

……なんというか、納得の結果だ。

「怖かっただろう。怪我はしていないか？」

「いえー……あ」

「どこか怪我をしているのか？」

「大丈夫です。軽症です」

腹部を殴られた痕が、今になってズキズキ痛みだす。

ミシェル様は私をお姫様抱っこのまま、お医者様のもとへ運んでくれた。

周囲から生温かい目で見られてしまったのは、言うまでもない。

エピローグ

デルフィネ様は公爵に毒を盛った罪で逮捕された。これから罪が裁かれるのだろう。

レティーシア様は王太子妃候補の座を辞退したようだ。公爵家から出て行こうとしたが、思わぬ展開となる。

ルメートル公爵が彼女の後見人になることを決めたので、引き続き公爵家で暮らすことになるらしい。

アリアンヌお嬢様は公爵家の本邸に生活拠点を戻し、王太子妃候補としての勉強を日夜頑張っている。

私はどうなるのかしら？と思っていたけれど、身の潔白はルメートル公爵が証明してくれたようだ。

そんなわけで、私はアリアンヌお嬢様の専属美容師としてお仕えしている。

ミシェル様も、変わらずにアリアンヌお嬢様の専属騎士をしていた。

そんなミシェル様に、朗報がもたらされる。

なんと、今回の働きの褒美として、爵位——ルメートル公爵が持っているうちのひとつ、バラデュール伯爵が贈られることとなったようだ。

これは儀礼称号ではなく、本当の爵位である。王都の屋敷と北部にある領地をもらったらしい。

最初は遠慮していたが、公爵から「好いた女との結婚がしやすくなる」と言われて受けることを決めたようだ。

ミシェル様みたいな素敵な男性と結婚できる女性は、本当に幸せだろう。

結婚なんて、私には遠い話だ。


「――って、エリーは言っていたわよ。ミシェル、どうする？」

なんてことない呟きを、アリアンヌお嬢様に暴露されてしまった。

「ア、アリアンヌお嬢様、それは内緒のお話ですよ！」

「積極的にしていたつもりだが、気づいていないと」

「ミシェル様、なんのことですか？」

「ほらー、ミシェル。やっぱり、エリーはぜんぜん気づいていない！」

アリアンヌお嬢様は、お腹を抱えて笑い始める。一方で、ミシェル様は雨の日に捨てられた子犬のような顔で私を見ていた。

「すみません、なんのことか、まったくわからずに……」

「ふふ、エリーったら、おもしろすぎよ！」

アリアンヌお嬢様が笑うと、みんなもつられて笑ってしまう。

今日もアリアンヌお嬢様の笑顔を見ることができて、幸せだ。

「アリアンヌお嬢様、楽しそうですね」

「当たり前じゃない。わたくし、エリーがいたら、幸せなのよ」

「そのようにおっしゃっていただき、嬉しく思います」

「あなたは、わたくしのそばにずっといなさいね」

「もちろんでございます」

そう答えたら、アリアンヌお嬢様はにっこりと微笑む。

こんな毎日が続きますようにと、祈るばかりである。

そのために、私はアリアンヌお嬢様の専属美容師として頑張るのだ。

あとがき

こんにちは、江本マシメサです。今回、初めてベリーズ文庫さんで執筆させていただきました。

デビューから四年目となるのですが、人気の転生もののお話の執筆は初めてで、これで大丈夫なのか、お約束は守れているのかとドキドキでした。

そんなわけで、完成しましたこちらの作品について語らせていただきます。

主人公エリーは、前世で姉が持っている美容品や石鹸などが羨ましくて、最終的に自作してしまう研究熱心な女性です。転生したあとは、仕えるお嬢様のために奔走しております。前世の記憶は全部戻っているというわけではなく、大半は趣味に関して。いつか、残りの記憶について書ける機会があったらいいなと思っております。

ヒーローのミシェルは、クールな性格ながら、主人公エリーに恋心を寄せる大変顔がよい騎士、という設定で書かせていただきました。ただ、それだけでは完璧過ぎるので、エリーはミシェルの恋心に気づいていないという、不憫なところも混ぜてみました。気の毒だな、と同情していただけたら嬉しく思います。

今回、魔法がある世界観ということで、時間がかかるハンドメイド品の制作時間を大いに短縮する、という便利魔法を登場させました。石鹸は作ってもすぐに使えないので、あったら便利ですよね。作中の文化レベルは、地球の十九世紀後半と同じくらいを設定しております。これくらいだったら、薬品など既にいろいろありますよね。

ただ、ファンタジーの世界に浸れるよう、薬品名の一部は地球とは別の名称にしております。しかしその辺をこだわりすぎるとわかりにくくなってしまうので、線引きが難しいところです。今後も、探り探り書いていきたいです。

最後になりましたが、イラストを担当していただいた笹原亜美先生。魅力あるイラストを描いていただき、心から感謝しております。ありがとうございました。

そして、担当編集様。一緒に作品作りをしましょうとお声かけいただけて、嬉しかったです。今後ともどうかよろしくお願いいたします。

お手に取ってくださった読者様。本当に、ありがとうございました。少しでも、楽しんでいただけたのならば、幸いです。

そしてまた、どこかでお目にかかれたら嬉しく思います。

江本《えもと》マシメサ

江本マシメサ先生への
ファンレターのあて先

〒104-0031
東京都中央区京橋1-3-1
八重洲口大栄ビル7F
スターツ出版株式会社　書籍編集部　気付

江本マシメサ先生

本書へのご意見をお聞かせください

お買い上げいただき、ありがとうございます。
今後の編集の参考にさせていただきますので、
アンケートにお答えいただければ幸いです。

下記URLまたはQRコードから
アンケートページへお入りください。
https://www.berrys-cafe.jp/static/etc/bb

“自称”人並み会社員でしたが、転生したら侍女になりました

2019年7月10日　初版第1刷発行

著　者　江本マシメサ

発行人　松島滋
デザイン　カバー　金子歩未（TAUPES）
フォーマット　hive & co.,ltd.
校　正　株式会社　文字工房燦光
編　集　丸井真理子
発行所　スターツ出版株式会社
〒104-0031
東京都中央区京橋1-3-1　八重洲口大栄ビル7F
TEL　出版マーケティンググループ　03-6202-0386
（ご注文等に関するお問い合わせ）
URL　https://starts-pub.jp/
印刷所　大日本印刷株式会社

Printed in Japan

ISBN 978-4-8137-0719-6　C0193

ベリーズ文庫 2019年7月発売

『獣な次期国王はウブな新妻を溺愛する』 朧月《おぼろづき》あき・著

庶子と蔑まれていた伯爵令嬢のアメリは、冷酷な悪魔と名高い王太子カイルの婚約者として城に行くことに。鉄兜を被り素顔を見せないカイルにアメリは戸惑うが、ある時、彼が絶世の美男子で、賢く、弱い者に優しい本当の姿を知る。クールなカイルが「一生俺のそばにいろ」と熱い眼差しをぶつけてきて…！

ISBN 978-4-8137-0717-2／定価：本体640円＋税

『“自称”人並み会社員でしたが、転生したら侍女になりました』 江本《えもと》マシメサ・著

エリーは公爵令嬢・アリアンヌ専属侍女。アリアンヌは義妹にハメられ、肌も髪も荒れ放題、喪服を着こんで塞ぎこんでいる。ある日、前世コスメ好きOLだった記憶を取り戻したエリーは、美容オタクっぷりを発揮してアリアンヌを美少女に仕立て上げていき…⁉

ISBN 978-4-8137-0719-6／定価：本体630円＋税

ベリーズ文庫 2019年7月発売

『契約新婚～強引社長は若奥様を甘やかしすぎる～』　宝月《ほうづき》なごみ・著

出版社に勤める結奈は和菓子オタク。そのせいで、取材先だった老舗和菓子店の社長・彰に目を付けられ、彼のお見合い回避のため婚約者のふりをさせられる。ところが、結奈を気に入った彰はいつの間にか婚姻届を提出し、ふたりは夫婦になってしまう。突然始まった新婚生活は、想像以上に甘すぎて…。

ISBN 978-4-8137-0712-7／定価：本体630円＋税

『新妻独占 一途な御曹司の愛してるがとまらない』　小春《こはる》りん・著

入院中の祖母の世話をするため、ジュエリーデザイナーになる夢を諦めた桜。趣味として運営していたネットショップをきっかけに、なんと有名ジュエリー会社からスカウトされる。祖母の病気を理由に断るも、『君が望むことは何でも叶える』――イケメン社長・湊が結婚を条件に全面援助をすると言い出して…!?

ISBN 978-4-8137-0713-4／定価：本体640円＋税

『独占欲高めな社長に捕獲されました』　真彩《まあや》-mahya-・著

リゾート開発企業で働く美羽の実家は、田舎の画廊。そこに自社の若き社長・昴が買収目的で訪れた。断固拒否する美羽に、ある条件を提示する昴。それを達成しようと奔走する美羽を、彼はなぜか甘くイジワルに構い、翻弄し続ける。戸惑う美羽だったが、あるとき突然「お前が欲しくなった」と熱く迫られて…!?

ISBN 978-4-8137-0714-1／定価：本体630円＋税

『ベリーズ文庫 溺甘アンソロジー3 愛されママ』

「妊娠＆子ども」をテーマに、ベリーズ文庫人気作家の若菜モモ、西ナナヲ、藍里まめ、桃城猫緒、砂川雨路が書き下ろす魅惑の溺甘アンソロジー！　御曹司、副社長、エリート上司などハイスペック男子と繰り広げるとっておきの大人の極上ラブストーリー5作品を収録！

ISBN 978-4-8137-0715-8／定価：本体640円＋税

『婚約破棄するつもりでしたが、御曹司と甘い新婚生活が始まりました』　滝井《たきい》みらん・著

家同士の決めた許嫁と結婚間近の瑠璃。相手は密かに想いを寄せるイケメン御曹司・玲人。だけど彼は自分を愛していない。だから玲人のために婚約破棄を申し出たのに…。「俺に火をつけたのは瑠璃だよ。責任取って」――。強引に始まった婚前同居で、クールな彼が豹変!?　独占欲露わに瑠璃を求めてきて…。

ISBN 978-4-8137-0716-5／定価：本体640円＋税

タイトル、価格等は変更になることがございますのでご了承ください。

ベリーズ文庫 2019年8月発売予定

『王宮に咲く一輪のたんぽぽ』 雪夏《きよか》ミエル・著

Now Printing

田舎育ちの貴族の娘アリスは、皆が憧れる王宮女官に合格。城でピンチに陥るたびに、偶然出会った密偵の青年に助けられる。そしてある日、美麗な王子ラウルとして現れたのは…密偵の彼!? しかも「君は俺の大切な人」とまさかの溺愛宣言！ 素顔を明かして愛を伝える彼に、アリスは戸惑うも抗えず…!?

ISBN 978-4-8137-0735-6／予価600円＋税

『悪役令嬢の華麗なる王宮物語～結婚回避が目標です！～』 藍里《あいさと》まめ・著

Now Printing

内気な王女・セシリアは、適齢期になり父王から隣国の王太子との縁談を聞かされる。騎士団長に恋心を寄せているセシリアは、この結婚を破棄するためとある策略を練る。それは、立派な悪役令嬢になること！ 人に迷惑をかけて、淑女失格の烙印をもらうため、あの手この手でとんでもない悪戯を試みるが…!?

ISBN 978-4-8137-0736-3／予価600円＋税

『異世界で、なんちゃって王宮ナースになりました②』 涙鳴《ルイナ》・著

Now Printing

異世界にトリップして、王宮ナースとして活躍する若菜は、王太子のシェイドと結婚する日を心待ちにしている。医療技術の進んでいないこの世界で、出産を目の当たりにした若菜は、助産婦を育成することに尽力。そんな折、シェイドが襲われて記憶を失くしてしまう。若菜は必死の看病をするけれど…。

ISBN 978-4-8137-0737-0／予価600円＋税

『小食王子のおやつ係』 甘沢《あまさわ》林檎《りんご》・著

Now Printing

アイリーンは料理が得意な日本の女の子だった記憶を持つ王妃の侍女。料理が好きなアイリーンは、王妃宮の料理人と仲良くなりこっそりとお菓子を作ったりしてすごしていたが、ある日それが王妃にバレてしまう。クビを覚悟するも、お料理スキルを見込まれ、王太子の侍女に任命されてしまい!?

ISBN 978-4-8137-0718-9／予価600円＋税